独角兽

THE UNICORN

庞贝 —— 著

南方出版传媒 花城出版社

中国·广州

图书在版编目（CIP）数据

独角兽 / 庞贝著. -- 广州：花城出版社，2019.1
ISBN 978-7-5360-8808-5

Ⅰ.①独… Ⅱ.①庞… Ⅲ.①长篇小说－中国－当代 Ⅳ.①I247.5

中国版本图书馆CIP数据核字(2018)第295862号

出 版 人：詹秀敏
策划编辑：张　懿
责任编辑：陈特冰
技术编辑：凌春梅
装帧设计：仙境设计

书　　名	独角兽 DU JIAO SHOU
出版发行	花城出版社 （广州市环市东路水荫路11号）
经　　销	全国新华书店
印　　刷	佛山市迎高彩印有限公司 （佛山市顺德区陈村镇广隆工业区兴业七路9号）
开　　本	880毫米×1230毫米　32开
印　　张	8.875　2插页
字　　数	165,000字
版　　次	2019年1月第1版　2019年1月第1次印刷
定　　价	42.00元

如发现印装质量问题，请直接与印刷厂联系调换。
购书热线：020-37604658　37602954
花城出版社网站：http://www.fcph.com.cn

在这里，在这个世界空旷的郊外，我将扎下我的帐篷……

———纳撒尼尔·霍桑

目 录

云之上/1

野猪林/5

火场/29

未来实验室/39

海滩上/49

别墅/73

石岗/83

临界点/103

城堡/121

后门/147

阳台上/161

现场/183

红外区/217

纽瓦克/223

郊外/235

梦境/271

云之上

　　透过昏暗的玻璃，我再一次俯瞰身下的这座城市。雾霾中的城市，高楼密布的城市，有些大厦的天台有花树，有些则只是空空的秃顶。高楼之下是街道，灯火闪耀的街道。车流、人流、物流，在这座城市的另一维度，还有看不见的数据流。那是一个看不见的网络，那是由手机、电脑和传感器所构成的网络，海量的数据正以人们看不见的方式在流动。他们说数据就是财富，虚拟空间便有了众多挖矿者。夜以继日地挖掘，日积月累的财富，这些看不见的数字，它们眨动着欲望的眼睛，它们也借由炫目的灯光而显形……

　　我透过云层望着这街景，我无意费心辨析这一切。在这离别之际，我只是要强使自己记住点什么，记住某个人或某件事。这街景被那悬浮的云层所阻隔（云朵连绵,构成低矮的云层），棉花糖似的云朵悬浮在高楼大厦之间，它们阻隔了那些模糊的街景，也阻隔了我的记忆。

对于地上的人们来说，这也是一层有效的阻隔。不只是这云层和暮霭，还有那些流光溢彩的楼宇和树木，这是城市金光闪烁的华服（所有的城市都是这样）。有了这样的阻隔，他们（那些盯着手机低头走路的人）也就看不见幽蓝色的夜空了。

我在昏暗的玻璃上看见一个影子。

这是我自己模糊的身影。

——是时候了！

我听见有个声音冲我说。

记住某件事。记住某个人。在这样一个后人类时代，我究竟应该记住什么？

我望着云层中的一点光亮，那是无人机在云层间盘旋，它的旋翼闪烁着银色的光亮。我的视线为这架无人机所吸引。我便隐约记起了什么。无人机在以漂亮的姿势滑翔，它掠过那座江边明珠塔，又缓缓地朝下方的楼群飞。我的视线跟随它下移，跟随它消失在云层下。

我的视线穿过云层和雾霾，穿过这座不夜城的迷幻的灯光。我已隐约记起了什么。不是地上那片蜿蜒的江面，不是那些跳舞欢闹的人群，不是那些灯红酒绿的广告牌，我的视线在往下沉。从这样的高处往下看，我分明是感受到了地心的巨大引力，这简直就是一种死亡的诱惑。伴随着微微的眩晕，我的身体仿佛也在往下沉，从这高处的窗口往下沉——

——啊！坠落是一种飞翔！

我听见地上有人在欢呼。

隔绝！我不要坠落！不要身心分离！我暗中稳住自己的身体，只让自己的视线向下沉，只让视线跟随被隐约唤醒的记忆往下沉。就让这记忆穿过地上喧嚣的人流和夜景，再往下，沉入这座城市的地下……

我看见了这座城市的下水道。

我深知大地之上没有永存的风景，我眼见那些战火硝烟中的城市，还有那些被地震和洪水所毁灭的城市，在地面上的建筑被夷为废墟之后，下水道里依然会有生命的迹象——水、草履虫、老鼠和人类。这座城市的下水道，却也不似维克多·雨果《悲惨世界》所描写的巴黎下水道，你们或许听说过雨果的这句话，他说下水道是城市的良心。我不知道城市的良心该是什么样，但我深知下水道的确是城市传说的一部分。然而此刻我看到的是这座东方城市的下水道，这里的下水道并无巴黎下水道那般宽敞，冉·阿让无法在这样的下水道里奔逃，这里的下水道每到雨季便因排水不畅而给地面带来隐患，人们为排除积水打开窨井盖，而窨井盖又被地面积水所淹没，便总有人失足坠井，总有人因此丧生……

我又看见未来某个时刻，那是机器智能统治地球的时代，万物互联，人机共生，但却没有足够灵巧的修理下水道的机器人,我看见大水漫过街道,也淹没了城市中心的电脑主机房……

此刻我看到的是这座城市某个片区的下水道,有传感网络的下水道。有了这样的传感网络,地上的井盖就不会再伤人,就不会再有人失足坠井。——好神奇的连接!好神奇的传感!我就这样想起了这个人!

——是的,就是这个人!

此时此刻,我甚至难以记起他的名字,但我确定是记起了这个人。透过潮湿的雾霭,他的形象渐渐清晰起来:一个清瘦的身影;某种奔跑的姿势;某种沉静的眼神;一种异于常人的气质……

如此清晰!如此真实!如此真实的一个人……

他的身影不曾被城市的尘嚣所遮蔽,芸芸众生之中,这确乎是一种异质的存在。不远的过去,不久的将来,关于这座城市,我最能记住的也就是这个人了。

一个真实存在的人,一些真实发生的故事,而故事的缘起确是与城市空间有关,与雨季的下水道有关……

与人造的飞行物有关……

与碳基生物体的坠落有关……

野猪林

那一年的汛期非同寻常。在那些被雨水淹没的街道里，无数的汽车成了漂浮在水面上的废铁皮。这是一些造型相似的铁皮，即便是那些想象力丰富的画家，也没人将它们想象成湖面上的残荷。孩子们却是自有其天真，那些趴在窗口的孩子，他们都是兴奋地望着楼下的一片汪洋。

"妈咪，这就是大洪水吗？"

"吃饭！别胡说八道！"

"挪亚方舟在哪儿？"

妈咪怔怔地望着孩子，她不知孩子为何总有这么多怪念头。此刻她也在焦急地望着窗外，望着楼下积水上的旋涡和树枝，她盼望积水尽快消退，盼望环卫工人尽快清除那些拦路的树木，这样她的约会就不会像那些汽车一样泡汤。她也盼着太阳别出来，天气不要太热，这样她就有理由戴上那款赫本式女帽。赫本式女帽会使她看上去像个贵妇人。

这是傍晚时分。客厅的大屏幕电视正在播放着天气信息：暴雨预警是红色，台风风球也已由橙转红。明珠塔上有绿色的大字在滚动：敬畏自然，珍惜生命！阴云在天空中低吼，海浪扑向岸边的游人。这一切还只是前奏。她启动银灰色小米机器人扫地，又坐在天鹅绒沙发上看微信朋友圈，这里有比电视更快的信息。她懒懒地滑动着页面，暂时不去看那些"是中国人就转"和"中央已经震惊"之类标题夸张的文章，她很快就滑到了一条天气信息：各区均有窨井盖伤亡事件发生，唯独河湾区暂无此情。

男孩又跑到另一个窗口，窗对面是即将封顶的弘文大厦。大厦像是建在一片汪洋中的陆地上，建筑工地旁边有一排简易的工棚。男孩又哇哇大叫起来。

"挪亚方舟！"

"吵！净在这说胡话！"

"谁说胡话了？不信你看呗！"

女人朝那窗口望去，就见男孩手指向天空。女人迟疑地走到窗边，就见空中悬浮着一个银灰色的飞艇。飞艇并不飞动，只是悬浮在半空中，像是一艘抛锚的小船，也像是一具升空的棺材。

那确实是一个"方舟"！那飞艇的身上有"方舟一号"四个大字。

"没有挪亚……"小男孩嘀咕一声。

"谁？"

"喊，不懂就算了！"

"喊什么喊你！什么方舟不方舟的，那只是一个监测平台，监测地上的积水！"

女人望着方舟上那些微微闪光的探头，视线便从空中的方舟落到地面的积水，又游移到汪洋中的孤岛和孤岛上那座在建的大厦，大厦紧贴着一个普通居民小区。大厦工地上有一栋棚屋，棚屋与马路之间有围栏和沙袋。女人望着从棚屋里走出来的保安帅小伙。那小伙子确实是很帅！女人盯着小伙子那健壮的长腿，那两条长腿正在迈向停车场边的小路。小伙子手拿一块带支架的告示牌。隔着这样的距离，女人看不清告示牌上的文字。她又拿起窗边的望远镜，她的视线却是落在小伙子的胸肌上。健壮的胸肌，还有那张帅气的脸，女人分明看见了那男子的笑容。那是一种带着青春气息的微笑，很阳光，有活力，比李敏镐还帅！女人感到了自己微微的心跳。

她又望着那男子的长腿，忽然——忽然就见那男子身边的地面裂开一条口子，混凝土地面，忽然又裂开一个口子，男子的身体在摇晃，他慌忙转身想跑开，他脚下的地面却在往下沉！女人失声惊叫。

男子的身影瞬间消失了。

地上现出一个巨大的黑洞。

黑洞周边的地面仍在缓缓地下陷。

有几个人跑出工棚,他们惊慌失措,呆呆地望着那个黑洞,其中一个忽然反应过来,便迅速掏出手机。

"先拨120!"一位同事冲他喊。他便迅速拨电话:"出事了!地面沉陷!有人掉下去了!野猪林弘文大厦!北岭区!请快来救人!"

"给领导打电话!"

一瞬间就是一条命。沉陷的并非只是薄薄的混凝土地面,地面之下还有数米厚的土层,而土层之下则是一个巨大的深坑。保安帅小伙就陷落到这坑洞里,又为这厚土层所掩埋。土层之下还有人和野猪的残骸,这个片区曾是一片乱坟岗,荒山野岭早已平掉,但这地名依然顽强地透露出历史的信息。没错,这里早先是一片野猪林。如今的野猪林既是生态园,又是科技园,还是文化区。

救援队伍来了。先来的是闪着蓝灯的120救护车,接着是两台挖掘机。挖掘机在小心地开挖沉陷的土层,建筑队的两位工程师在紧张地指挥。天空依然是阴云密布,人们担心另一场大雨将接踵而至。保安员们接到领导电话,便迅速在事故现场拉起了警戒线。路人们显然是感觉到这里有情况,因为地上忽现这样一个大坑,但他们不知是有人掉下去了。因有这道警戒线,他们难以近前探问。

地下埋着人,挖掘机不敢大幅用蛮力,也有保安员手拿铁锹在挖土,其中一个竟蹲下身子用手挖。他欲哭无泪,只能绝望地以手挖土。好在这是被雨水浸泡的湿土,他一边挖土一边轻声呼唤。他想给地下的同伴传递营救的信息,他想获得同伴依然活着的信息。

专家们都头戴安全帽,此刻那个年长的秃顶工程师只是不停地摇头。时间就是生命,他们都深知这句话的意思。那个年轻些的戴眼镜的专家也开始摇头了。

"吃边儿忒狠!我们早就抗议了,没屌用!这倒是好!"围观者中有人高声嚷,"楼体吃边儿明摆着,这地下却也不消停!都掏到我们楼下了!"

就有一妇人大声问:"您这是几个意思?是擅自开挖吧?有这样的设计规划没?合法吗?"

保安员们不敢让他们噤声,只是尽力阻止他们靠前。专家们站在木棉树下,他们都神色焦灼,此刻他们看见了深坑下方的水流,焦灼又变成了恐慌。

"挖爆了……"秃顶老专家喃喃低语。

"挖掘机?"年轻保安员傻傻地问。

"早就挖爆了!少说也有一个月了!"

大坑深处的一侧,有大股水流从土层中涌出。很显然,那是一个被挖破的水管在漏水。管道并未完全挖断,自来水管道仍在正常输水,被挖爆的漏洞却形成了分流,这样的涌流便在地下形成流沙,而流沙之下的土层本已被挖空,早已形成了巨大的暗洞。

"机器蛇来了!"年轻专家急喊一声。

他们望着涉水驶来的一辆越野车。

"云芯跟人来了吧?这新玩意儿咱可玩不灵……"

云芯公司的确跟人来了。两个年轻人跳下越野车,其中一个拎着沉甸甸的货箱。他向专家们点个头,望一眼地坑,便麻利地打开货箱,放出一条机器蛇。

这是一条有金属外壳的机器蛇,它昂首摇尾,发出低沉的嗞嗞声。它像真蛇一样在地上扭动,来人在它头部拧上金刚钻。

"噢噢噢!"老专家有些兴奋,"地下结构复杂,要紧是先探明埋人位置,越快越好!"

机器蛇旋即钻入地坑土层,立时就没了踪影。挖掘机也放缓了铲土的速度,以为机器蛇马上就能找到被埋者。

云芯公司来的这两个年轻人,一个在坑前跟踪控制机器蛇,另一位留在原地了解情况。

"辛苦了!"老专家向云芯人竖起大拇指。

"好在离这儿不远,积水路段不多。"

"贵司在哪儿啊?"

"不是很远,也在这野猪林。"

"牛啊!新技术革命!世界真是你们的!"老专家大发感慨。

"听说你们公司要上市了?员工持股么?"年轻专家也好奇地问,"听说过你们何总,AI界风云人物,今日眼见为实了!"

"其实这是我们艾总的技术，只是艾总不便出面……"

"艾总？草头艾？"

"嗯。艾轲，荆轲的轲。他是公司创始人。"

"好神奇！有机会我真想拜访他！"老专家向云芯人敬烟，年轻人不吸烟，便摆手谢绝。

"恐怕你是很难见着……谁都见不着……"

"那是，那是，技术牛人都很神秘……"

"也不光是这意思……"

老专家困惑地期待着解释，但又不好直问。

"还得三年，在牢里……"

这位年轻人只是云芯下层的技术人员，很多事他当然不知情。此刻，他们的前董事长艾轲并不在牢里。他已提前获释。云芯现董事长何适亲自去接（从外地接他出狱，又一路乘机陪护他回本市），公司总裁办正在准备一场隆重的接风宴。实情是，此刻的艾轲也在野猪林！

何适是在跟艾轲从机场回城路上接到弘文大厦事故消息的，那是消防中队打来的电话。消防队长早就关注到云芯研发的这款机器蛇，他认为机器蛇在弘文大厦这个事故中应该能派上用场，何适当然是爽快地答应。这是他仿真技术的得意之作，这也将是这款机器蛇的实战首秀。何适喜上眉梢，艾轲也微笑着分享他的好心情。他们都坐在这辆加长版豪华奔驰的后座，旁边就有小冰箱，他们都喝着饮料。艾轲对这辆车的柔性仪表盘很感兴趣，何适说这是新推出的限量版智能新款。

他们情如兄弟，涉及公司事务时，何适给这位前董事长以足够的尊重，而艾轲也对何适的友情心怀感激，更对何适的能力大为赏识。艾轲深深感到，自己入狱这两年，若无何适的能干和魄力，也许云芯公司早就被人吃掉了。云芯公司曾经是无人机产业的佼佼者，但随着更多竞争对手的出现，尤其是在别人迅速占领大片市场之后，云芯果断开始了向机器人领域的战略转型。在机器人领域，云芯其实更有优势，这是国内很多同行所不具有的条件。艾轲是普林斯顿大学生物传感专业博士，何适拥有仿真工程和材料学两个国内硕士学位，而此刻坐在副驾驶座上的那位长发美女，她也是大有来头。她是牛津毕业的计算神经科学博士，曾在牛津的人类未来研究所工作过，来自台湾。奔驰车后座上的这两个男人，如今他们又要联手干一番大事业了。此时此刻，跟这位前董事长坐在一起，何适已能迅速调整自己的角色和措辞，在接消防队长的这个电话时，他就不再说机器蛇是自己的作品，而是说成云芯公司的产品，因为就这款产品来说，关键的突破来自艾轲的芯片传感技术，而何适只是仿真技术专家，当然，他的仿形设计也很棒。真可谓珠联璧合，这两年来他们配合默契，何适利用探监的机会不断带出艾轲的新思路，因此尽管艾轲蹲监两年，云芯公司的新研发也未受太大影响。

何适将艾轲的出狱视为凯旋。在从机场回市区的路上，何适兴奋地向艾轲汇报说，这一场暴雨淹了大部分市区，各区都有窨井盖造成的伤亡，唯有河湾区是例外，因为河湾区使用了云芯公司的智能窨井排查系统，路面积水之后，消防中心大屏幕上便即时显示出每一个窨井盖的位置，区域内那些为排水而打开的井盖都竖起了风吹不倒的小红旗，旗杆的顶端还有红灯闪烁，如此便提醒路人及时避开，河湾区便无人失足落井。

这原本也是艾轲入狱前的一项研发，是一项短距离无线通信与智能传感相结合的实用技术。此刻何适兴奋地说道，这场大雨过后，河湾区政府一定会举行隆重的表彰大会，区委书记也有可能特别接见云芯公司领导，而再接着，云芯公司就有望拿到区里的大笔资助，甚至也能拿到市里的工程订单。云芯当然还有更具竞争力的尖端技术，尤其是Unicorn脑电传感技术。何适的目标是，再用一年多时间，让云芯成为估值十亿美元的独角兽公司。

"联合国人工智能峰会，嗯，而且是首届峰会，大会提出17个可持续发展目标，咱们这项技术完全符合第11条，'可持续城市与城区：通过传感器数据支持城市规划与决策'。"

经何适这样一说，云芯这项实用技术便立时有了理论高度，也有了国际大视野。艾轲很佩服何适的这个能力。

"你明天该对记者说啊!"艾轲笑道,"现在的记者只知道追星,都没脑子了,你要让他们写明白。"

"没错,我要对记者说,也要对区领导和市领导说!"

艾轲分享何适的喜悦,但他更多时候只是点头微笑,他难以像何适这样兴奋和快乐。这是因为他有自己的心事。两年蹲监对他来说是一场灾难,尽管因有立功表现而提前获释,但他还是不得不独自面对这场灾难所带来的恶果。

就是带着这样的心情,艾轲听从何适的建议,他们驱车直接来到了弘文大厦事故现场。艾轲不想下车,他是刚出狱的人,他不想以这种方式见人。

何适让司机将车停在离地坑最近的路边,以使艾轲能透过车窗看见搜救现场。何适说自己近前去看一眼,若有记者采访他便可趁机说几句,现场留下点影像资料也好,或许将来用得上,无论是用作企业宣传还是向上级汇报。他让前排副驾驶座上的美女留在车上陪艾总。

美女的名字是顾濛。艾轲入狱前她本是他的助手,如今她已是云芯公司副总了,也是公司董事。

艾轲摇下车窗望着那边。何适向保安员亮出自己的身份,保安员便将他带到那个地坑旁。

机器蛇已探测到那名被埋保安员的位置。一位云芯员工,遥控器就套在他左臂上,他熟练地给机器蛇发送新指令。此刻老专家正在谈论在建大厦的鞭端效应问题，他是担心这座大厦的地基和顶层设计都有问题。

人们迅速将保安员挖出来，但是人已是没救了。他在陷落时撞在坑底的钢架上，失血过多，被埋在土下又造成了窒息。

医护人员还是将他抬上了救护车，保安员的两位同伴跟车一起去医院。

专家们在夸赞这条机器蛇的神奇，但现场并无记者出现。何适不禁有些失落。他在机器蛇旁蹲下身子，云芯公司那位年轻员工便用手机为他拍照。对于公司来说，这确实是有用的资料。

起风了，狂风摇晃着路边的棕榈树，有些高树已被上一场风拦腰折断，它们尚未被清理。狂风也摇晃着更远处的那些高楼。那些大楼都有特别的抗风设计，它们有内置的巨大钢球，有预设的摇摆幅度，它们不会被吹倒。

华灯初上，沿街的花树亮起了彩饰。加长奔驰驶离事故现场，车里依然是原先那四个人。何适和艾轲依旧坐后排，副驾驶座上依然是顾濛。两位老总在后座上说话，她便依旧保持沉默。

云芯公司也在野猪林这一带，离弘文大厦只有一刻钟的车程。曾经有考古学家考证说，这片乱坟岗出土的那些文物不是野猪牙，而是独角兽的牙，但很快就有专家严肃指出，野猪牙还是野猪牙。不管怎么说，这个传说是有了。

有了这个传说，野猪林便是好风水，这里的高科技公司便都自觉有来头，因为他们都想让自己的公司快速成为独角兽。因有这样的传说和风水，每当起风的时候，野猪林的人总是会习惯性地仰起头，他们焦灼地仰望高处的风口，他们都希望自己是那头被风吹起来的猪。"站在风口上，猪也能飞起来。"这是科创界大佬的名言，也是这些白领奋斗者的信条。

双塔大厦是野猪林地标之一，云芯公司暂无独立办公楼，便只是租用科创园两座连体塔楼的三个楼层。双塔大厦的两座塔楼由两条空中走廊连接，两条空中走廊像是两条手臂，它们由稍矮的塔楼伸出，又友好地拥抱着稍高的塔楼（这确实是一种拥抱的姿势，两条长廊在高塔的背部呈现出一种简短有力的回折，像是紧搂着高塔后背的两只手）。两座塔楼的楼体是深蓝色玻璃幕墙，两条空中走廊却是暗红色，这拥抱的双臂便像是戴着红袖套。这矮塔的双臂也是一高一低，错落有致，且有微妙的斜度，看上去就更是一种舒适的拥抱姿势，不是那种粗鲁笨拙的熊抱，而是某种有仪式感的优雅。

云芯在南塔楼稍低处的三层，仍是两年前艾轲被带走时公司所在的那三层。13层是公司前台及各部门办公室，13A是名为"未来实验室"的研发中心，15层是董事长办公室等公司权力层空间。

一出13层的电梯,迎面便是云芯公司的标志物,一个巨大的由精密芯片构成的陀螺仪。它在静静地旋转。

艾轲默默地望着这个久违的陀螺仪,还是原先的那个,还在转。他便有了欣慰的表情。陀螺仪是云芯无人机时代的象征,也是艾轲和何适友情的见证。这还是云芯机器人时代的象征,是云芯机器人很重要的一项传感技术。这也是艾轲的研发。艾轲两年不在场,陀螺仪却仍在这里,仍在转。

"跟大家见个面吧,来了不少新人。"何适说着就要带艾轲往里走,艾轲却有些迟疑。

艾轲望着这层楼面的那些LOFT空间。对于一家高科技公司来说,这样的办公环境也真是够有情调了。

"算了吧,暂时还是不见为好……"艾轲不想跟何适朝里走。

"也……也好,艾总也够累了,马上还得赴宴……而且也是下班时间了,不必跟他们打招呼。咱们从东头电梯下,艾总看下这办公空间有何变化……"

他们走过13层的长廊,此刻已是下班时间,走廊两侧的开放式LOFT空间里,有些员工还在加班。这几个人从长廊上走过,那些员工便难免探头探脑。有位老员工忽然认出艾轲,她先是有些愕然,接着便有些激动,她朝走廊跑来,忽然又有些犹豫。

"艾总……好……"

她本来想说"艾总回来了",可她不能这么说。好在表情是真诚的,连同这点小小的尴尬和慌乱。艾轲微笑着与她握手,也说了一个"好"字。

艾轲他们一路走过。女员工依然杵在原地发呆。

顾濛已用手机预约了走廊东侧的电梯,他们来到走廊尽头时,电梯门正在那里开着。艾轲对此感到有些新奇,两年时间说长也长,这个世界变化太快。

他们乘电梯下楼。那辆加长奔驰已在恭候。他们乘车前往酒楼。公司与酒楼相距不远,车程不到半个钟。奔驰车驶过一个正在改建的城中村,那里正在建造一个摩天轮。摩天轮下有一些女人在跳舞。艾轲透过车窗望着街景,经过一个十字路口时,他看见城中村居委会办公楼上有一条新挂的横幅,那些红底白字煞是晃眼:别让子宫变冷宫,要变就变少年宫。

车过之后,艾轲忍不住又朝那标语回望一眼,像是怀疑自己看错了。何适便笑道:"政法大学胡教授建议,国家要设立生育基金制度,每月都要为基金交钱,丁克要征税。……咱们三字头的都得抓紧啊!为国生育,趁着还不老……"

艾轲正暗自感叹形势的剧变,却又被一个电话亭似的装置所吸引,那亭身的LED屏显示的大字是"朗读亭"。

"朗读亭?"

"你在那边不也看电视么?"何适笑道,"《朗读者》，央视很火的节目，主持人也很棒……"

"偶尔也看一眼，那边也有文化活动室。"

"文化是块大蛋糕！你知道每一个亭子造价多少钱？说出来吓你一大跳！"何适说着说着便有些恼火。"最近有个说法是，骗子都改行当诗人了！"

"我是有点好奇，这么多亭子谁去读？谁去听？读什么？感觉怪怪的。就说那个《朗读者》节目吧，很好的形式，但也有点怪怪的，我最怕听见一句话……"

何适等着艾轲往下说，艾轲却望着路边另一个朗读亭。

"哪句话？"何适忍不住追问。

"让我们去朗读吧！"顾濛开口说话了。

"没错！就是这句话！前边是女主持与嘉宾对话，很自然，很感人，接着就要进入朗读环节，她每次都说这句话。后边的朗读也很自然，他们并不是朗诵家，他们是真实的人物，是名人，他们是以自己的声音读诗读文章，观众要看的是这个。然而就是前边这一句话，真是好别扭！'我们朗读吧！'这是某种宣告，仿佛是说，我们表演吧！每次看到这里，看到前边对话快要结束时，我就会及时地走开，我怕听见这句话，有点过敏反应……"

"我与艾总有同感欸，可我有不同的解释。也许这句话在董卿说来并没有那么'不自然'，因为这个节目她做了很多期，也许她已说习惯了，她自己就感觉不到这种

'不自然'。这样子。"顾濛说话是台湾腔,"这样子"听起来是"酱紫"。

"可为何观众会感到别扭?"艾轲认真地问。

"你有这感觉,我有这感觉,可未必所有观众都有这感觉,比如何总,何总有吗?"

"我还真没注意到……也没看多少次,哪有时间看电视啊!"

"的确是神经过敏,微妙之处就在这里。一般人听不出来,用机器分析就会很明显。呼吸、心律、血压、脉冲、声频、脑波,这些生物计量数据都会有反常……"

"难怪!这是你的专业!计算神经科学!"

"一个研究方向,一个正确的方向。"顾濛平静地说。

"那就等待你突破!我负责成果转化,到时候就拿董卿做测试!"

"何总口气好大欤!那董卿会听你摆布?"

"我给北京打个电话……这事我说到做到!"

"那好!若是做不到,我可是要拿何总测试哦!"

"你放心!为了云芯公司新成果,我乐意献身!"

"喂,记着你的话,艾总是见证人。"

"艾总怎么说?咋不说话啊?"

"我又能说什么?这是你们在打赌……"艾轲其实是有心事,方才他有些分神,此刻他也是若有所思的神情,"我想'朗读'这个词本身就不大对劲,这我一时说不好。我也想到上世纪有个时候,那时咱们都还没来到这人世间,那时候是全民写诗,从城市到乡村每时每刻都有'赛诗会',而人们都饿着肚子……"

"如今是都吃饱了……"何适也有所感慨。

"其实我想说的不是'朗读'和'赛诗会'本身,我是说这种表演、这种运动……体育运动也是一样,譬如世界杯足球,我不是说竞赛本身,我是说看球的人,是人类这种群体动物的那种喧嚣和怪叫。四年一度,好人坏人一起叫喊,那一刻仿佛亲如一家,正如迎接千禧年的狂欢,四海之内皆兄弟,那一刻似乎是有一种改变世界的力量,但这种激情是真实的吗?在我这里,结论是已经有了:一堆无用的激情。"

车内立时陷入了沉默。

"我们的思想家回来了!"何适故作轻松地说。

"好沉重哦……"顾濛像是在自语。

豪车经过路边一棵倒伏的大树,大树已被狂风连根拔起。他们行驶在薇甘菊蔓延的河边,就见桥下树丛中有一片共享单车的坟场,那些扭曲变形的单车堆积如山,像是一大片死去的蚂蚁。河边已竖起钢架标语牌,上边写着"打造中国塞纳河"。他们沿河边行驶数分钟,便拐上一条竹木掩映的车道。路旁有个招牌很抢眼,那是"万众驴庄"的霓虹招牌,那木桩上果然拴着两头待宰的毛驴。艾柯瞥见那待宰的毛驴,便慌忙避开眼神。车道尽头便是酒楼。南国春,此乃野猪林片区最豪华的酒楼。

车在酒楼前停下,两列穿旗袍的咨客在夹道迎接。酒楼的大堂有一座"流水生财"的假山,山石间有流水潺潺,水车的木轮在转动。他们被引进酒楼最好的包间。

云芯公司五位董事早已在等候,他们纷纷起身与艾轲握手。餐台是一张红木八仙桌,桌面上有圆形的琉璃转台,沿桌则摆着八张西式高背椅。落地高窗外是城市的夜景,窗台上有一株含苞欲放的昙花,花苞顶端已微露出白色的花瓣。

他们先在沙发上喝工夫茶,服务员们便紧张地上菜。酒菜摆好了,何适便起身请董事们入席。他请艾轲坐主位,艾轲不从,他要何适坐主位,何适也是不肯落座,他们争执再三,最后是艾轲硬将何适按在主座上。何适无奈地耸耸肩,便急忙拉艾轲坐在他右面的主客位。前后两任董事长既已落座,顾濛等董事也迅速地各就各位。八仙桌周围正好坐满八个人,这是云芯公司核心权力层。

众人便先埋头喝汤。清炖鲍鱼汤。每人一盅。片刻之后,何适打了个响指,又用筷子轻敲两下面前的高脚杯,便热情洋溢地致开场白:"各位董事同仁,今天是咱们云芯公司的大喜日子,艾总凯旋,这是一个历史性事件!此时此刻我想到了一句话:正义可能迟到,但从不缺席!让我们举杯,向艾总祝贺!"

众人举起酒杯,都争先与艾轲碰杯,都是一饮而尽。艾轲显然是有些感动,但他在尽力克制自己的情绪。饮尽第一杯,大家便开始吃菜。主菜是龙虾刺身,巨大的冰盘就摆在圆台中间,冷雾缭绕中有一条巨大的龙虾。这是一条已被剥皮剖肉的大龙虾,剖出的鲜肉仍旧码在它身上,而它的每一条螯钳都还在动。艾轲眉头微锁,并不向这龙虾动筷子。何适先用公筷为艾轲夹一片龙虾肉,艾轲赶紧带着歉意阻止。

"极品龙虾哈,很鲜嫩的!艾总不剪彩,大家都不动!"

"我恐没这口福,一时也不习惯……大家随意,别管我。"

"那好,大家随意,别客气!吃什么并不重要,重要的是跟谁吃!咱们这是跟艾总吃!"

大家便开吃那些龙虾肉,蘸着小餐碟里的芥末吃。

何适要带大家向艾轲敬第二杯酒,他的敬酒理由是关乎公司未来发展的重要提议。他说自己担任董事长,本来就是一种临时代理性质,而今艾总归来,云芯公司理应由艾总继续掌舵。艾轲感到有些意外,他的第一反应是不能答应,于是便不举杯。尽管盛情难却,他却无意多做解释。蒋总试探说,天使投资已从牢里抢起了,听说有天使投资人也曾去探监。艾轲矢口否认。何适便更为激动了。

"这两年艾总虽不在位,其实他是从未缺席,从某种意义上来说,他是一直在遥控指挥。云芯从无人机向机器人转产,哪一步离得了艾总的研发思路?这个我最清楚!大家也都知道,每一样技术都是我从他那里带来的。艾总是云芯创始人,事到如今,我们就更需要艾总领航。同志们!我们是在设计未来!未来即是现在!请从历史的高度认识这个问题,这也是上周我在TED大会演讲的主题:技术与革命。蒸汽机为人类开启了工业革命,人工智能革命将会为我们带来什么?我说人工智能有可能是人类'最后的发明'——终极发明!这将是一场改变人类的革命!万物互联,人机共生。有赖艾总的智慧,我们投入到了这个大潮中,我们抢占了先机。云芯不能没有艾总,云芯需要艾总加持和赋能,为了云芯的明天,万望艾总不要推辞!"

艾轲望着何适,只是微微摇头。他完全相信何适的这番诚意,也希望云芯的明天更好,但他确实无意重出江湖。

"何总高风亮节!有艾总何总领航,这是云芯的福气!"云芯总经理蒋谋起身朝艾轲举起酒杯,大家也都跟着站起来,"艾总主掌董事会,何总就是主动让贤了。云芯离不了艾总,也离不了何总,要是这样的话,我也郑重请求让位!请何总屈就,再任总经理!"

董事们有人鼓掌。艾轲示意大家都坐下,然而他不答应此事,大家就不坐下。他们都是明白人,他们深知在这场开启人类新时代的人工智能竞赛中,技术其实比资本更重要,而技术源自人的智能,源自那些技术天才的大脑。

"好吧,此事非同小可,容我休息几天再说吧,今天实在是很累……"

"也是……也好……艾总先休息几天再说……"

何适话音未落,艾轲便立时有些轻松,便主动起身举杯:"这一杯我敬大家!感谢大家不弃不离!给诸位添了麻烦,大家辛苦!"

艾轲先干为敬,众人也都痛快地喝干这第二杯。

这第二杯酒下肚,气氛也就轻松些了。有了何适这个让位的提议,前董事长与董事们就不再有刚见面时的生分,老董事们又找回了先前与艾轲共事的感觉。尽管董事们小心地回避着艾轲蹲监这个话题,但也还是触碰到了某些事实。蒋总说到艾总提前获释的原因,其中最值得一说的是他在服刑期间成功改进了国产测谎仪,这项技术在全国监狱管理系统得以推广。蒋总说到这事,艾轲只是淡然一笑,他并不想多谈技术思路。在这样的热闹场合,艾轲其实是很有些落寞的,尽管他在尽力掩饰这种感觉,尽量表现出应有的热情。

蒋总又说自己的提议也是深思熟虑,他说自己作为潮州佬,向来不在乎虚名,反正自己是股东,有钱赚就好。云芯有艾总何总领导,大家都有得大赚。董事们又说起人工智能和云芯公司的愿景,也说起何适在TED大会的那次很"燃"的演讲。何适在大会上也讲到联合国教科文组织一份最新报告,那份报告认为,如果机器人的自主性发展到危及人类的程度，就有必要以专门的伦理代码编程对其进行制约。他也讲到2017年初的《阿西洛马宣言》，那是特斯拉CEO马斯克等近千名AI领域专家联合签署的宣言，为AI行为设立"二十三条军规"。董事们由此又说到马斯克营救泰国少年足球队员的奇迹，说到那些被困洞穴多日的孩子们所表现出来的心理素质，据说他们是借助冥想的力量活下来的，于是便又说到艾总在狱中坚持搞科研的心理状态，他们都表示由衷的钦佩和感激。

这个话题便带有某种沉重感，这种时候便需要有笑话或段子了，于是在干完第三杯酒之后，蒋总便说起一个笑话。

"有个服刑的人收到妻子一封信，说是你进监狱了，咱家的几亩地没人翻，公婆干不动，我自己身体不好，还得看孩子。那人便回信说，千万别翻地，地里埋着枪呢！一周之后他收到妻子回信，说是警察来了三四批，把咱家的地翻了好几遍，累得吐血了也没找到枪！你把枪藏哪儿啦？"蒋总讲到这里，有位董事已会意地哧哧笑出声，蒋总便接着说，"犯人回信说，根本就没枪啊！地翻了就好，赶紧种地吧！"

又有几位董事也哈哈大笑起来，何适本也跟着笑，忽见艾轲面无表情，便也收敛了笑容。

顾濛也没跟着笑，她的神情也有些漠然。蒋总却并未觉察到这个，他仍在玩味着自己讲的笑话，他用更严肃的语气总结说："呢个意思是说，人在哪里并不重要，关键是能解决问题！能解决问题就是高人！就像咱们艾总遥控！讲真！"

蒋总得意地望着艾总，再次举起酒杯，不料顾濛一手推开那酒杯。

"喂，这笑话并不好笑欸，也就不必再敬酒了。"顾濛冷冷地说，"艾总很累了，大家意思也到了，咱们好不好早点收啊？何总？"

"搞边科啊？"蒋总嘟哝一声。

何适也有些错愕。身为公司老总，何适自有其宽宏大度的一面，他能容忍顾濛这样的冷美人偶尔使点小性子，更重要的原因是顾濛也是公司挑大梁的技术大咖，然而今天这样的场合非同寻常，顾濛显然是有点过分了。然而何适又瞥一眼艾轲，艾轲的神情显然也是有些漠然了。

"是啊！大家多体谅，艾总也是很累了，我一路接来，我最清楚。"何适迅速调整情绪，"好在艾总是回来了！今后有的是时间喝酒！大家尽快吃几口，早些休息。来日方长！"

"抱歉！杯中酒，敬大家！"艾轲歉然地与董事们又饮一杯。

"好！大家再吃几口就收！"何适立时又恢复了精气神，"这场为艾总的接风宴，也是一次非常董事会，可用一句流行语做主题：凡是过往，皆为序章。"

火　场

一片草木茂密的森林，林木间雾气缭绕。一匹白马在飞奔，一群野狼在追赶，还有野猪似的怪物。白马的额头有一只尖挺的长角，它振鬣奋蹄，如风驰，如电掣，如有神力相助。矫健的体形，优雅的身姿，林间奔腾的白马，这分明就是一只独角兽。雪白的身影在林木间闪动，飘飞的鬃毛如风中的云团，它的身后是鼓声、人声和追赶者的咆哮声。前方是一条湍急的河流，独角兽涉水而过，那些追赶者不敢下水，便留在岸边放声哀号。这只独角兽依然在奔跑，在阳光和微风之中，它以更轻快的姿势奔跑。前方依稀传来某种乐音，独角兽便为这乐音所吸引。风中传来的是某种大提琴曲，远方幽静的树荫下，正立着一把大提琴——那不是一把大提琴，那是一个女子的身形，是她裸体的背影。头戴花冠的女子。琴声确是从那里传来的，深情缠绵的大提琴曲，仿佛是树荫下的溪流，也带着树荫和微风的安慰。这只独角兽确实是跑累了，它缓缓接近那女子，与此同时，那女子静静地转过了身子。独角兽望着少女的眼睛，而自己的眼睛是在说，我愿意为你所俘获。它在少女的腿上躺下，就这样安静地睡着了。少女守护着疲惫的勇士，她的眼神如梦如幻，她在她的琴声里低吟她所爱的诗句：哦，这就是那个乌有之兽／她们不了解它／却始终爱它／爱它的行动、它的姿态、它的脖颈／还有它那寂静的目光……

忽然间有群鸟来袭，像是一片黑沉沉的乌鸦……不是乌鸦，不是群鸟，那是一群无人机！一架无人机怪叫着俯冲而下，转瞬间直接落在少女身上，接着便是轰隆一声巨响，无人机爆炸了！火焰腾空而起，河岸树荫变成一个大火球。独角兽伸出手臂，少女却已不在了。周边已是一片火海，森林和城市都在燃烧，烈焰熊熊，黑烟滚滚，一个男子在火场中艰难穿行，他避开那些掉落的石块、钢筋和梁柱，拖着一条受伤的腿，吃力地奔向前方一块空地。那是火车站前的一块大草坪，草坪在沉陷式广场一侧的斜坡上，草坪上有一个巨大的表盘，表盘上有时针、分针和秒针，看得见的只有秒针在走动，秒针走动带着刺耳的咔嚓声。男子跑到那表盘上，奋力将时针拨快半小时。时针拨快半小时，分针急转半个表盘，而秒针则疯狂地跑转数十圈。此刻又有一群黑鸟飞来，一群黑鸟似的无人机！一架无人机俯冲向表盘，忽然又是一声巨响，表盘炸裂，周边又是一片火海……

那女子骑着白马在火海中奔跑，像是仙女骑着天马飞跑。她依然赤裸着身体，她的长发已变成了火团。男子想朝那女子跑，无奈自己的身体已陷在蛛网里。他绝望地发出一声喊叫，就有一只手猛力将他拉起来……

午夜时分，艾轲从噩梦中醒来。躺在五星级酒店客房的大床上，他的额头和后背在冒冷汗。此刻他一动不动地躺在床上，虽已梦醒，但他不想睁开眼睛。他知道只有这样才能留住这个梦。

灵魂拥有它自己的耳朵，能够听到头脑无法理解的事情。莫拉维·贾拉鲁丁·鲁米。……在监狱服刑的那些日子里，他有时翻看那本旧版的《鲁米诗选》，他喜爱鲁米的诗句。他相信人是有灵魂的动物，鲁米的诗句也给了他生物传感专业的启示。那本《鲁米诗选》后来丢失了，也许是某个坏狱友将其交给了管教人员。管教人员当然不会对这样的书感兴趣，他们一定是将其随手扔到了那个存放没收品的角落，那个角落结满蜘蛛网……

他害怕看见蜘蛛网，这是两年冤狱经历给他留下的后遗症，而在这些个暴雨连绵的日子里，暂无人员伤亡的河湾区使用的就是他的智能窨井排查系统，而这个系统的名字就是Spider（蜘蛛网）。这事也真是很荒诞……

就这样保持着醒来时的睡姿，生怕任何动作都会驱走这个梦。是噩梦，但他要分析。他已很久没做梦了，他要回望这个梦。这个梦里有信息，有暗示。

梦中的女子是他熟悉又陌生的女子。他熟悉那个身形，熟悉那把大提琴，也熟悉那首曲子。那是他的女友林韵。她是在他入狱后不久消失的，当他在那个初春的月夜获知这事时，他最真切的感觉是她不会就这样消失。那个柔情似水的女子，那个如春月般皎洁的女子，她不会就这样消失。那时他站在监狱的铁窗前望着月光，他深知只要那轮明月不会消失，那女子就会在某个月夜归来。

窗外的花树飘来缕缕芳香，他起身走到窗前。此刻已是午夜时分，但街上依然有梦游似的行人。路上也还跑着很多车，路边的烧烤摊也还在冒着烟火。

地面的烟气袅袅飘升，直到与那些悬浮的云朵融为一体，而那些棉花糖似的云朵又连绵交接，形成一片片低矮的云层，那些高楼的尖顶就隐没在这云层中。

他透过迷蒙的夜色望着远方，望着这座城市的另一个片区，那里曾经有他的住所。那是他和林韵的家。那里有她的琴声，有记忆中的她的曼妙的裸体。那么，她的裸体何以出现在火中？为何她要在那片大火中裸身奔跑？

身为生物传感学博士，此刻的艾轲深感自己专业的局限，他只能以弗洛伊德的理论来释梦。想到弗洛伊德，这个解释也就再简单不过了：火是欲望，潜意识中被压抑的欲火。至于裸体女人在火中奔跑，而这女子又是他的女友。这就更无须解释了。

然而,艾轲下意识地默默摇头。理智告诉他,这未必是什么性欲之火,因为这是一场真实的火灾,一场曾经发生过的事故。

一如梦中所现,火场中也有一个男子,此人就是艾轲。一场真实的火灾。真实的火灾中并无裸女和大提琴,也没有奔跑的独角兽,然而此时此刻,在这个孤寂的午夜,这个从噩梦中惊醒的人,他恍若感到自己就是那个独角兽。

那是他们更年轻的时候。那是云芯公司的初创时期。一场意外的火灾。艾轲身陷火海,一只手猛力将他拉起来。那是何适的手。

一只粗糙有力的大手。火灾之后很多天,那只粗手的感觉还停留在艾轲的手上。此后在另一次握手时,艾轲才意识到那是一种老茧,那也许是何适当年干农活所留下的老茧。艾轲的手则是弹钢琴的手,是拿手术刀的手……

那场火灾使他们成了好兄弟。何适是艾轲招进公司的,那是艾轲初创的公司。何适给艾轲的第一印象是朴实,像是北方田野中的麦穗,一张让人信任的脸。假若他是一个保险推销员,艾轲无疑会很爽快地跟他签单。何适拥有的不只是麦穗般朴实的底色,他也是有专业技术的高手。有了这样的技术专长,麦穗也就有了麦芒。

此刻他又想到何适的那只手，想到北方田野中的麦穗，想到他在服刑地所见的那些孩子的眼神，那些困苦无助的过早老成的眼神，某些个瞬间也会有闪烁的亮光，那无疑是某种饥渴……

艾轲为自己冲了一杯黑咖啡，他不指望今夜能再入睡。他又吃了三块Godiva巧克力。精美的巧克力盒，盒盖上印着戈迪娃夫人骑马的图片：美丽的伯爵夫人全身赤裸，仅以长发蔽体，白马穿城而过，城市一片肃静。这是顾濛给他留下的巧克力，她恐艾轲深夜醒来饿着，其实冰柜里就有方便面和薯片之类小吃，这毕竟是五星级酒店。

他坐在窗前回想这个梦境的细节，他想揭示其中所有与现实有关的隐喻。

然而此时此刻，在经历了两年的牢狱之灾之后，艾轲确是感到对这座城市已有些难以适应了。那些共享单车的坟场，那些堆积如山的废铁，那是一场资本盛宴的残渣。以独角兽公司的名义，一轮又一轮的融资，一浪高过一浪的追捧，而这场疯狂游戏的参与者，他们都是为着那胜者为王的高光一刻。可是技术含量在哪里？艾轲的心境是离这样的高光越来越远了。独角兽俱乐部固然是诱人，但他并不想以获取这张门票为目标。这张门票对于公司的意义更大些，而他却离自己的公司越来越远了。这是一种心理上的距离感。他已感到了厌倦，一种深深的厌倦。他只是一个独行者,即便是一只独角兽,他也不愿加入什么俱乐部。他更愿意做一个技术上的独行者,一个单纯的研发者。对于他一手创办的云芯公司,他也不感到自己还有什么义务和责任。他已无意恋栈,也无法回到从前的状态,心态上是如此,情感上亦是如此。过去的终究是过去了。……

凡是过往,皆为序章。他忽又想到何适在酒宴上的这句话。何适说这是近来流行的一句话。

何适是个性情开朗的人,是外向拓展型人才,说话往往也是率性和随意,也许这句话他只是顺口一说,只是想为这场接风宴增加点情调。艾轲本无意深想,但此刻不由得又为何适那个提议而烦恼。何适想让位,艾轲却不做此想。然而何适却说这句话是这场晚宴的主题,很庄重的语气。

艾轲依稀记得这是某位西方作家的名句。客房里有台式电脑,他想上网回个国外的邮件。Wi-Fi连上后,他并未急于进邮箱。这台电脑IE默认首页是百度,望着页面上方的搜索框,他便顺手输入这几个字,然后点击搜索,便立时看到这段话——

凡是过往,皆为序章。爱所有人,信任少数人,不负任何人。我荒废了时间,时间便把我荒废了。在灰暗的日子里,不要让冷酷的命运窃喜。命运既然来凌辱我们,就应该用处之泰然的态度予以报复。明智的人决不坐下来为失败而哀号,他们一定乐观地寻找办法来加以挽救。

《暴风雨》中的一段话。《暴风雨》是莎士比亚晚年创作的一部魔法剧,此剧讲述米兰公爵普洛斯彼罗被弟弟安东尼奥篡夺了爵位,便只身携带襁褓中的独生女米兰达逃到一个荒岛,并依靠魔法成了岛的主人。后来他制造了一场暴风雨,把经过附近的那不勒斯国王和王子斐迪南等人的船只弄到荒岛,又用魔法促成了王子与米兰达的婚姻。结局是普洛斯彼罗恢复了爵位,宽恕了敌人,返回家园。

莎士比亚的魔法。艾轲对这类故事并无兴趣。这个剧情似也无关这几个字的深意。这几个字也许压根儿就无特别的深意,而且与现实情况更是毫无关联。现实的情况是,艾轲不是普洛斯彼罗,何适也不是安东尼奥。何适非但不曾篡位,而今他甚至决意要让位。艾轲也决意不想复位,尽管他说要再想想,其实他自己已有决定。云芯公司这两年幸亏有何适支撑,既然这两年他能做得这么好,今后他必将做得更好。艾轲既已重获自由,即便退出云芯董事会,公司若有技术上的需求,他也会义不容辞地给予支持。

凡是过往，皆为序章。

——"爱所有人，信任少数人，不负任何人。"

这句话忽然给他以真切的触动。此时此刻，他对莎翁这最后一部杰作忽然有了某种神秘的感应。《暴风雨》是一部魔法剧，此刻的艾轲也似乎中了魔法。他隐约感到这后边的话也是莎翁对他说的话：爱所有人……

在这场晚宴上，所有人都小心地回避着一个话题，他们不想触及他的隐痛。艾轲感受到他们这种善意，但他自己无法回避这个事实，无法回避这种痛苦。那个在烈火中奔跑的女子，那不是梦中的虚幻角色，那是一个真实的存在。

那是他的女人。他们曾经在另一个城区一起生活。梦中的树荫和微风是真实的。那低回的琴声也是真实的。他不相信一个人会无影无踪地消失。那女人分明是已逃离了火场……

前生五百次的凝眸，换作今生的擦肩。他从窗口望着夜空。月亮隐入了云层，他却依然能看见那片月色，清冷的月色。

月亮不会消失。

未来实验室

"机器人不得伤害人类个体,或者目睹人类个体遭受危险而袖手不管。"Alpha-1的声音不带感情,这是一个男声。

在云芯公司"未来实验室"的第一个实验间,何适正在向艾轲演示一款男体机器人。艾轲瞥一眼何适的身材,脸上浮现出一丝微笑。何适不好意思地挠挠头。这款机器人确实是以何适为原型打造的。小平头,T恤衫,壮实的身板,很精干的样子。

"你知道自己是在说什么?"何适向Alpha-1提问。

"阿西莫夫第一定律。"

"机器人要服从人类的命令吗?"

"必须的,先生。机器人必须服从人的命令,当该命令与第一定律冲突时例外。这是第二定律。"

"机器人可以保护自己吗?"

"可以的,先生。在不违反第一、第二定律的前提下,机器人要尽可能保护自己的生存。"

"生存……"何适笑道,"还有一个第零定律,这个你知道吗?"

"很抱歉,我还没学过第零定律。"

"第零定律是,机器人必须保护人类整体利益不受伤害,上述三条定律都是在此前提下才能成立。"

"很抱歉,先生。"

何适无奈地朝艾轲耸耸肩,又冲着顾濛说:"濛濛老师辛苦,多教教它。"

"现在它很难有自己的声音,不只是传感系统的问题。"顾濛淡然地说,"当务之急不是这个,那个官司更要紧欸。"

艾轲望着Alpha-1。没有更多指令给它,此刻它只是一台静止的机器。

"是哈,这个官司!好在艾总回来了,咱们就有救了!"何适对顾濛说,"回来路上我就跟艾总说了这个事,你再跟艾总详细分析一下,你们二位都是这个领域的专家。艾总的Unicorn成果被人侵权,跨国官司就要开庭,而咱们难在没有实证,法庭要的是'实锤'。教训在于,咱们没有及时申请专利,且很快就发生了泄密,对方反倒是有了'实锤'……"

"你是要艾总还原Unicorn研究数据么?"顾濛问。

"恐怕只有这个办法了。产品咱们是有了,但侵权方也有产品,而且正在打进中国市场,他们反告是咱们侵权……因此咱们要拿出原创证据,还原研发数据……"

"原本这都有……但是怎么就发生泄密了?"艾轲像是在自语,"而且还删除了所有资料……"

"黑客攻击。来路不明的恶意代码。整个系统都瘫痪了。"

"黑客劫走了资料……"

"是啊,可怕!托马斯·爱迪生的故事。"何适说,"在他之前早有人发明了电灯泡,爱迪生只是买了别人的专利,只是改良一番,他能砸钱打官司,自己就变成了发明人。"

"没错,还有特斯拉,交流电的发明人,受爱迪生打压迫害,一生贫困潦倒。好在时间给出了真相,而今马斯克已将特斯拉跑车送上太空了。"

艾轲边说边走出这个实验间。整层楼都是"未来实验室",他们走向另一个蓝光闪烁的实验间。艾轲却被门禁挡住了。这是更高级别的门禁。

"没给艾总开通吗?"何适不解地问顾濛。

"还没来得及……"

"开通最高级别,人脸和虹膜都开通。抓紧办啊,艾总要开始工作了。"

他们又回到Alpha-1所在的实验间。

"艾总是要在这里工作吗?"顾濛望着艾轲,又望着何适,"在哪个实验间?"

"这倒不急,容我再想想。我先看看,最好还是清静些,最好是去海螺居。"

"也好!全力配合艾总工作。"何适又对顾濛说,"艾总若去海边实验室,所需设备就该运过去。今天你就陪艾总在这实验室转转,介绍一下这两年的技术情况,艾总也眼见为实。我得先去市里开个会,科创局的重要会议,希望能为公司弄笔钱来。"

"辛苦!你就去吧,我多向顾总了解。"

"好!顾总全力协助艾总,十万火急了,这个侵权官司。"

何适看了下手表便匆匆离去。艾轲望着另一个机器人,一个女体机器人,Alpha-2。

"侵权官司……"顾濛念叨一声,便撩一下额角的发丝,微笑着转向艾轲,"想听这位女士怎么说吗?"

"这也是你的作品?"

"里边是。外表是何总的设计。"

顾濛拿遥控器按了几下,便向Alpha-2问话。

"关于侵权,你有什么看法?"

"关于这个问题,我是所知有限。我只知道性侵权。只知道Oscar Wilde有个说法:Everything in the world is about sex except sex. Sex is about power."Alpha-2一板

一眼地回答。

"请说中文。"

"世间所有事情都是与性有关，只有性不是。性是关乎权力。"

艾轲有些疑惑地望顾濛一眼。顾濛依旧不带表情地对机器说话："这句话你能理解吗？"

"我的理解是：性侵关乎权力，性侵的本质并不在于性。对他人实施性侵害，并非因施害者性欲特别强或性能力特别强大，事实上，这只是因为他们渴望利用其特权，通过侵犯他人，来获得满足感。很多职场上的性侵犯并不是因为性欲，而是权力欲的表现。这只是我的粗浅理解，不知美女怎么想？"

"谢谢！Me too。"

顾濛缓缓转身望着艾轲。艾轲的神情有些异样。他见顾濛固执地望着自己，便避开她的眼神。"#Me Too"是始发于美国的一场反性侵运动，众多女性打破沉默，她们在Twitter和Facebook等平台大声说出自己被性侵的经历。这场运动迅速蔓延全球，中国女性也纷纷挺身而出，她们利用微信等平台发声，名校的多位教授也因此陷入性丑闻，这火势也迅速从高校圈向各类名人圈蔓延，甚至包括慈善界和宗教界。……顾濛的眼神中有颇为复杂的意味，然而此时此刻，艾轲未必能完全领会她的心思。他之所以回避这位冷艳女助手的眼神，并非对这眼神感到不适。在他入狱之前,他早已适应了这眼神。不,此刻他不是为这美女的眼神而不安,他是为这个机器人的声音而不安。

"有什么不对劲么?"

"这声音……她这声音……"

这正是顾濛所期待的反应。她之所以那样固执地捕捉艾轲的神情,要的就是他这反应。

"这不是一个人的声音,是我合成的。"

"合成的声音也还是要有素材,你……是有一些特殊素材吧?"

"比如?"

艾轲沉默不语。顾濛再次固执地望着他。艾轲痛苦地摇摇头。

"一切的前提是,你要信任我。"顾濛严肃地对艾轲说。

"毫无疑问,在云芯我最信任的人就是你。"

"不是何总吗?"

"哦……男女有别……"

"喂,这话有性别歧视之嫌欤。"

"我是说……跟何总那是好兄弟,久经考验。"

"没什么,我理解。"

那个声音。女机器人的声音中的某种音色,那是艾轲所熟悉的,那声音就在他的记忆深处。他想知道顾濛的这些声音素材来自哪里，来自何人，但他不能直接问她。此刻她就走在他前边，她在向他介绍这个"未来实验室"的设计、装置和成果。艾轲说顾濛是他在云芯最信任的人，然而他分明感到他们之间已有某种隔阂，似乎是顾濛在有意与他保持某种距离，从顾濛跟何适在机场接到他的那一刻起。不再有从前的热情和温情，但是比从前更冷静，近乎冷漠的冷静。此刻的顾濛不免使艾轲感到有些陌生，这样的一种陌生感，其中也带有某种神秘感。

  这是艾轲归来的第三天。他就住在何适为他安排的那家五星级酒店里。第一天是接风宴，第二天他处理私事，第三天便来公司参观这个"未来实验室"。然而自从听到那个女机器人的声音后，他就陷入另一种思绪中。他固然还是在听顾濛讲解，其实他对实验室的这些变化大致也有所了解，因此顾濛也是只讲重点即可，不明之处他随时提问。"未来实验室"是整个13A层云芯实验室的总称，其中又有"皮格马利翁""普罗米修斯""图灵"和"特斯拉"等实验间，这基本都是两年前艾轲在位时的格局和命名。此刻由顾濛陪艾轲参观，顾濛当然也感觉到了艾轲的心不在焉，但她也确信艾轲看到了他想看的。

  在"皮格马利翁"实验间，艾轲看到了公司新研发的三款名为"陪护者"的家用机器人，它们也都是按照原型人物的相同比例设计。顾濛说这些机器人的外观依据客户的相貌和体态定制，它们将为那些失去亲人的家庭所喜爱。这三款机器人的外表尚未完全植皮,颈部和后腰等处都还暴露着金属导线。顾濛说何适的仿真材料和技术都没问题,目前只待为它们植入更高级的运作系统,而这要依靠艾轲和她的专长。

艾轲其实并不关心这批"陪护者"何时能进入家庭测试,他甚至拒绝想象那些失去亲人的家庭拥有陪护机器人的情景。他怔怔地望着墙上的那幅皮格马利翁油画,雕刻家和他的女人,那石雕裸女身上有某种光泽。艾轲的内心忽然有一种深深的痛楚……

据说这是世界上最早的"机器人"。更确切地说,这也许是人类最早的关于机器人的幻想。皮格马利翁,希腊神话中的塞浦路斯王,这位国王也是出色的雕刻家。皮格马利翁不喜欢塞浦路斯的凡间女子,决意永不结婚。他用神奇的技艺雕刻了一座美丽的象牙少女像,而在夜以继日的工作中,他把全部精力、热情和爱恋都赋予了这座雕像。他像对待自己的妻子那样抚爱她,装扮她,为她起名加拉泰亚,并向神乞求让她成为自己的妻子。爱神阿芙洛狄忒被他打动,便赐予雕像生命,并让他们结为夫妻。

"皮格马利翁效应,你信么?"顾濛幽幽地问。

"暗示是一种能量,只不知你是否对我有所暗示……"

"我有暗示?"

"Alpha-2那个声音……有来源吗?"

"也许是有……某种记忆……"

海滩上

岁月静好,现世安稳,她们美好的一周是从周一开始的。日光之下,每个人都做出幸福的表情。在这片欢乐的海滩上,她们眉飞色舞地朗诵一首诗——

> 从明天起,做一个幸福的人
> 喂马,劈柴,周游世界
> 从明天起,关心粮食和蔬菜
> 我有一所房子
> 面朝大海,春暖花开
> 从明天起,和每一个亲人通信
> 告诉他们我的幸福
> 那幸福的闪电告诉我的
> 我将告诉每一个人
> ……

你无法确切地描述这是一些什么人，尽管她们体态发福，但你不能说这是臃肿，你只能说这是富态。因为在很多人眼里，她们就是好命富贵人，而她们也乐于扮作贵妇人。尽管她们也喜欢挥动着鲜艳的丝巾跳舞，也爱戴墨镜爱穿健美裤爱叉剪刀腿，她们却不是所谓"广场舞大妈"。她们看重自己比广场舞大妈更高贵的身份。广场舞大妈跳舞主要是为保命，海边的贵妇们当然不为这个，她们是在更高层次上跳舞，她们当然不是广场舞大妈。海滩上的贵妇们是不必上班的，她们早已办了提前退休，因为她们是有编制的人，因为她们的男人都有办法将她们安排在事业单位，那些单位历任领导都会关照她们。她们永远是被安排在待遇好而又清闲舒适的部门，不想干时也总有特殊渠道早退休。她们即使早退休，每月也比上班的苦力拿得多，而那些广场舞大妈的退休金可是不及她们的三分之一。有了这一比，她们便感觉是有很高的幸福指数了，天天都是好日子。所谓物以类聚，她们就是这样的一类。她们不愿被人称作富婆，她们自认为是比富婆更高级的贵妇人……

　　从明天起，和每一个亲人通信
　　告诉他们我的幸福
　　那幸福的闪电告诉我的

  我将告诉每一个人
  ……

  天天都是好日子。此时此刻,她们再一次面向大海高声宣示自己的幸福。她们幸福的声音羡煞那些利用倒班时间来看海的打工妹(这些寻梦者也许只是初来乍到,她们的脸上依然有乡村少女的红润和纯朴)。

  我有一所房子
  面朝大海,春暖花开
  ……

  她们中的有些人是在这海边有房子,当人们都还没有多少钱的时候,她们就凭自己的高工资和自己男人的本事在这里买了联排别墅。面朝大海,春暖花开。
  此时此刻,她们心花怒放,不料她们的幸福吸引了一个不幸者。

  在海滩远处的一块礁石上,一个大男孩正死盯着这群贵妇人。与那些来看海的打工妹和打工仔不一样,他并不艳羡这些贵妇人的幸福。他只是紧盯着这其中的一个。群舞者的"部头",她是海边一栋联排别墅的主人,也是这场海边聚会的主人。

男孩仰躺在礁石上，他赤裸着上身，衬衫就晾晒在一边。礁石上有一个啤酒瓶，他已喝下大半瓶。他的腹肌上粘着水草和细沙，穿着皮凉鞋的脚浸泡在海水里。

没有谁是一座孤岛。这块礁石看似一个孤岛，而待潮水退去，它也将与那片沙滩连成一体。这礁石并非一个孤岛，即便潮水暂未退去，你也可以涉水去那片沙滩，那片沙滩也并非谁的领地。此刻仍是涨潮时分，他能听见那些女人的欢闹声，还有那为欢闹伴奏的音响。

音乐暂歇的时候，他仰头喝干了剩下的半瓶啤酒，身上便有了酒劲。他急忙套上衬衫，又猛地跳下礁石。他身穿牛仔短裤，因此便可涉水而过。他快步走过那浅浅的海水，脚步便落在沙滩上。借着这酒劲，他大步朝那些女人走去。

沙滩上有两只小海龟在爬动，这是两只刚刚孵化出来的幼龟。它们刚从沙土中钻出来，甲壳上尚粘着细细的沙粒，它们一前一后奋力蹬着小腿，艰难地向着大海爬行。男孩便留意自己的脚下，生怕践踏了那些尚未露面的小家伙。

他是一个体态健美的大男孩，因有阳光慷慨地落在他身上，也有多情的海浪打湿他的牛仔短裤，这就使他显得更阳光，也更有青春气息（荷尔蒙气息）。那些半老徐娘便立时瞪起了眼，她们中有人轻佻地吹起了口哨。她们的"部头"却是眯起了眼，因为那大男孩是冲她走来，因为她认出了他是谁。

"怎么又是你！"这女人开口就透着嫌厌。

"张主任……"大男孩带着礼貌的微笑。

"我不是主任！我退休了！"

"恭喜了！还不到年龄吧？"

"这与你无关！"她立时便有些恼怒。

"这是与我无关，可我来找您，就是有事与我有关。"

"我说了！那是历史问题，找谁都没用！"

"可这历史问题是你造成的！"大男孩语气变得有些强硬，"我并非无理取闹，我是为保护我父亲的正当权益！"

"你要维权？"这女人冷笑起来，"我也想维权！我找谁去？我分的房子是按副处，后来提了正处，这个差补就难办！"

她冲着那些女人大声嚷，她们便赶紧随声附和。

"这事性质不一样……你们是锦上添花，我们却是为活命……我父亲住院了，都是这些年为这事生闷气……"

"谁家还没个住院的，你该咋办就咋办。反正，今后别再找我！"她的火气旋即平复，她的话已说完，于是便面无表情，有的只是冷漠。

"我也知道是麻烦您，其实也不是大麻烦……因为您是当事人，只求您为这事做个证……"

"我不会做证！我不会为历史问题做证！"

"我……我只有一个父亲……"

大男孩痛苦地说出这句话。

她们用死鱼样的眼瞪着他。

"而你也只有一条命！"

"你威胁我？！喝酒闹事吗？简直是太low！赶紧滚开！"

"下流！"那个吹口哨的豪放女大声嚷。

"你再说一遍！"这男孩冲她进逼一步。

"我……我不是说你下流……你冲我们部头这样……"这女人胆怯地后退几步，"我是说……下流社会……"

"反了他！报警！"

她们将他视为来自下流社会的人。她们如临大敌。这男孩立时便有些愕然。她们中便有人打电话报警，那人手里拎着一只小海龟。海龟被用细绳拴了腿，看样子已是奄奄一息了。那人气咻咻地冲着手机嚷。这男孩立时便有些慌乱。他的脑子一瞬间像是有些短路，他只是呆呆地望着一只飞翔的海鸥，望着远处那些翻卷的浪花，望着更远处的孤岛和湛蓝的海面。

"我不是要来打扰你们的生活……"他神情茫然地说完这句话，忽又感觉自己措辞不当，他将"活动"说成了"生活"。张主任为何被称为"部头"？"部头"本是指古代皇家教坊的乐舞领班。每当茫然失措的时刻,他就会这样陷入某个字眼中,似乎是大脑短路的某种应激反应,当然这只是片刻的短路。他旋即调整自己,以一种更谦卑的态度说话。

"我是很诚恳地来找您,张主任,我是想请您为那事做证,虽然我也有您此前的录音,其实您那些难以自圆其说的话本身就是证据了,当然最好是有您本人的配合。人总得讲良心……"

"你不是要威胁我吗?"

"张主任您误会了……"

他还想如此斯文地做解释,但这海滩上骤然变了天色!这变化是两个奔跑的身影带来的。两个穿制服的男子正在朝这边跑来,他们从那海草屋顶的渔村跑来。是啊,她们报警了!

大男孩脸色陡变,他下意识地退后两步。那两个人挥舞着警棍跑来。大男孩见势不妙,撒腿便跑。

他向着与那两个男人相反的方向跑。那两个穿制服的人发现目标,便也不再朝着这群妇女跑。他们没必要再去问情况,那个狂奔的大男孩就是嫌疑人。

前方有一片矮松林。男孩直朝那片松林跑。追赶者发出哇哇的叫喊声,但这男孩并不回头,也不停步。他是在逃命。

他的身影为这片松林所遮掩,但这片松林并不大,他穿过松林就见前方是一个突向海湾的岬角，岬角上有一栋海螺状的白色小别墅。在松林和别墅之间，有一条通向陆地的小路。男孩正要沿着那条小路跑，就见别墅阳台上有个女子在向他招手。

那女子飞快地跑下小楼的露天旋梯，又跑到别墅小院的门口。男孩无法判断前方是活路还是死路，但他还是本能地朝着白色别墅跑，朝那向他招手的女子跑。

别墅门口的女子是顾濛。男孩气喘吁吁地跑来，顾濛冲他微微一笑，便示意他快进别墅里躲避。男孩毫不犹豫地冲进别墅，别墅铁门便在身后自动关闭。

顾濛并未回到别墅，她悠闲地朝着那片松林走，迎面便遇上那两个穿制服的人。

"看见有人吗？"

"什么人？是男是女啊？"

"男的！刚刚跑过来！"

"那边！刚刚跑过去！"

顾濛指向那条通向陆地的小路。这两个追赶者本来是冲着别墅跑，听顾濛这么一说便又望着那小路。小路两旁有茂密的野芦苇，远处又为一片红树林所掩映。他们便毫不犹豫地朝那小路跑去。

雨云低垂，海鸟惊飞，远方传来隐隐的雷声。

他们的身影消失在那片红树林中。

顾濛这才转身朝着别墅走。

男孩并未直接跑进别墅楼里，他只是躲在小院的芭蕉丛中。芭蕉丛边有一棵高大的凤凰木，那浓郁的树冠笼着别墅的一角。他无法预知还会有怎样的险情发生，他担心进入小楼会被困住。他这样躲在院落的一角，若有情况也还是可以跑出去。即使打不开那紧闭的院门，他也可翻墙逃走。

他透过芭蕉叶缝望着那女子的身影。那女子急匆匆地走进院门，那道厚重的铁艺门便自动闭合。她的身影在云层下的阳光中闪动。微风徐来，拂动她的碎花长裙，她撩一下额角的发丝，又抬头望着天色。

院里停着一辆宝石蓝跑车，这是她的座驾。

她沿着鹅卵石小路走向小楼，她正欲推门进楼，忽然止住了脚步。她的唇角掠过一丝冷笑，便缓缓转过身子。她就站在楼前的石阶上，她的目光在院子里搜寻。

男孩忽然发现自己的身体在颤抖。远方的天际闪过一道白光，这闪电带来一阵强风，这棵高大的凤凰木也随之摇曳。男孩屏住呼吸，他能听见自己怦怦的心跳。他看见那个袅娜的身影正在走近。

艾轲站在二楼阳台上，他看见顾濛将那男孩带进了小楼。

顾濛让男孩坐在客厅的一张藤椅上，又转身给他倒了一杯水。

"谢谢，谢谢你救我。"男孩起身鞠躬。

"嗐，免礼免礼！你放心，我不会害你欤。"顾濛又示意他坐下，自己也坐在另一张藤椅上。

"我是好运气，遇上您这样的好人……"男孩喝了半杯水，神态便有些放松了，"看到您向我招手，一瞬间我就决定跑过来……"

"是么？那干吗又要躲起来？"

"那是……有些后怕，冷静一想，还是小心为好，万一……"

"对，你那一瞬间直觉是对的，后来的冷静反倒是多余欤。"

"是是是，非常感谢！"

"可你知道我为何要救你？如果你是个小偷或逃犯……"

"这……也是……"男孩不知如何作答。

顾濛微笑地望着他，男孩便愈加窘迫了。他低头看见凉鞋上的泥沙和草叶，他轻轻弹掉那片最大的草叶。

"也许……也许你看我不像是坏人……"

"哎呀我的小哥哥！'坏人'二字会写在脸上么？即便写在脸上，可是隔了那么远，你在远处跑，我是什么眼能看见？"

"那……"

"没关系的，这不是问题。"

顾濛拿起条案上的一个遥控装置，她快捷地调试了几下，客厅角落的音响便有蓝光闪烁，先是传出含混的风声和喧闹声，接着便是更清晰的声音：那群女人的诵诗声、男孩与张"部头"的争吵声，还有那个女人的电话报警声……

男孩呆呆地盯着那个音箱。他的神情又变得紧张不安了。他微微低垂着头，不敢再看这个救他的女子。

"看把你吓的！这可不行！喂，你不是要闯社会么？多大了？"

"也不小了……二十五……"

"不是二百五就好！抱歉，我瞎开玩笑！你绝对不是！对，这就好，这就有救。别再紧张兮兮了，我是录着玩的。今天刚搬过来，难得有点闲暇。"

"录着玩？"男孩恢复了平静，"您在这别墅里，海滩这么远……"

"远程定向录音嘛。"

"您的职业……不知该不该问，我真是很好奇……"

"职业嘛，不好说欸。专业倒是很明确，我是研究计算神经科学的，也是人工智能的范畴，当然也得研究人的声音哦。"

"我明白。"

"你明白什么？"

"不好意思，这是我的口头语，就像人们都爱说'然后'。其实我不明白，我不明白那一瞬间我为何要朝您跑来……您是研究计算神经科学的，不知这该如何解释？"

"也是可以解释的。从脑科学的角度讲，人的大脑有三个层次：爬行动物脑，负责日常生活中的应激反应，逃跑、冲动、觅食；哺乳动物脑，孕育情绪、注意力、情感记忆，趋利避害；人类脑，人开始产生理性行为，开始学会牺牲和自控，思维方式由具象变得抽象。嗯，这样子。"

"您是说，冲动和逃跑是爬行类动物的本能？不是在骂我吧？"

"是这样的，这是一个过程。就人类而言，有些行为是大脑三个层次的冲突，本能、注意力、思维。比如说你吃到了一个臭鸡蛋，你的爬行动物脑会让你立刻呕吐出来，你的哺乳动物脑可能会马上让你感觉很恶心，人类脑可能会使你找卖你臭鸡蛋的人算账。"

"好复杂……不过有些开窍了。"这男孩若有所悟。

顾濛的神情很严肃，像是在大学里参加专业研讨会的那种严肃。对她来说，这也是一种本能了。"再举个例子，比如说你遇到你的前任女友，人类脑会说'你好，很高兴见到你'，哺乳动物脑则会悲伤流泪，而爬行动物脑还是有强烈的占有欲！"

男孩微微有些脸红。顾濛注意到了这变化，便换了一种轻松的语气："可能你还理解不了这个，你多大——

哦，二十五。不会是还没谈过恋爱吧，现在大学不是很开放么？"

"可您还是没直接给出答案，就算是本能，爬行动物脑在指挥，那一瞬间，我为何是朝您跑来，而不是跑上那条小路？"

"这得问你自己欸。那么，那一瞬间你看到了什么？"

男孩便以哺乳动物脑回忆那个瞬间，他一眼望见这座海螺形白色别墅，看见那棵火红的凤凰木，看见树冠下那个朝他招手的美女。风姿绰约，那一瞬间就是这印象，这无疑比那条小路更有吸引力，也更有安全感。比安全感更重要的是吸引力，吸引力带来安全感，螺号似的白色别墅，风中摇曳的红色凤凰木，阳台上冲他招手的美女，这些都构成了一种强烈的吸引力。

"你究竟看到了什么？"

"美……一种美的吸引力。"男孩很认真地回答，像是在课堂上回答老师的提问。

顾濛嫣然一笑，语气依然蛮严肃："这就是人类脑，理性行为，思维由具象变抽象，美……"

"这个抽象的美只是我说出来，当时并未想到这个词。当时只有具象……"

他抬起头，仿佛是要确证那个瞬间的印象，那些美的具象。而此刻他是在这小楼的室内，此刻他看不见别墅的白色和凤凰木的红色，他看见的只是这个曾经向他招手的女子（她是那个瞬间最大的吸引力），他看见她妖娆的身姿（那时她的上身倾斜出有栏杆的阳台），丰挺的乳房，波浪卷的秀发（她在招手时他也看见了风中飞扬的长发），鲜艳的红唇（凤凰木的这种红色），还有琥珀色的眼睛……

这是他未曾见过的一种美。他不敢用"性感"这个词来描述这种美，他怕亵渎了这种美，但她确实是有一种成熟女人的美。在与同龄女生有限的接触中，他未曾见识过这样的女子，温馨中透着冷艳，冷艳中又有某种神秘感。

"可怜的人类！"女子发出一声幽叹，便又给男孩加水，"已是AI时代了，人却没多少长进。没有进化，人心反倒是退化了，多少恶行，都是打着文明的名义。"

女子的慨叹将男孩拉回到现实中。他的神情又变得苦闷和郁悒了。他掏出手机看了下时间，便焦虑不安地站起来。

"时间不早了，我还得去医院。感谢您——"

"我叫顾濛，水字边的濛。"

"谢谢顾老师。"

"叫我顾姐好了。"

"感谢顾姐。我名字……梁山。不过很少听人这样叫我了，他们叫我另一个名字……在另一个空间，我也算是小有名气吧，也可以说是鼎鼎有名，阿桑，桑树的桑。"

"另一个空间？"

"咱们业务其实也有些交集，我是学计算机的，程序猿一枚。"

"另一个空间……"顾濛沉吟地点点头，"很高兴认识你，很希望你有些黑客技术……"

"不在话下。将来你会知道。"

"将来？就是说咱们还会见面？好呀，留个电话欷。"

"加个微信吧，我扫您？"

"抱歉，我不怎么用这个……还是留电话吧。"

阿桑报出自己的电话号码。顾濛打开客厅的门。阿桑忽然有些犹豫。

"要不要我拨您的手机？您没记下啊！"

"我记住了，非要写在纸上么？再见面说说你遇上的事，或许我能帮上点忙。"

"太感谢了！一定会再见！可是……顾姐您就住这里吗？我没您电话……"

"我打给你，你就有了。"

"好！"阿桑忽然调皮地眨下眼，"看来是好厉害哦！"

他快活地跑到院门口，铁门自动开启，他又转过身子，再次鞠躬致谢。

"喂，提醒你当心！这海螺居有电网！"

阿桑朝那墙头的电网瞥一眼，他的身影便在门外消失了。

正午时分下了一阵太阳雨,雨水使小路两侧的野芦苇显得更为清新,有成片的蜻蜓在飞舞。一辆大货车沿着小路驶来,这是云芯公司为这个海边实验室运来的最后一批设备和模型。何适带着云芯公司四位工程师来送货,他也为艾轲带来了一份特别的礼物。

货车驶进别墅的院门。

别墅的二楼是实验室,艾轲的卧室和书房也在二楼。工程师们在卸货,他们打开那些大大小小的木箱,将大大小小的设备组件抬上二楼,并将其分置在两个一门之隔的实验室。顾濛的实验室比艾轲的略小些,设备也跟艾轲实验室的不同,这是因为他们专业不同。艾轲和顾濛分别指挥来人将设备组件放在合适的位置,工程师们便动作娴熟地动手组装。

一个巨大的人脑神经元3D模型——这是顾濛实验室最显眼的装置,一台经颅直流电刺激器和配有电极的头盔,还有一台激光扫描显微镜。艾轲的实验室原本已有电脑、投影仪和集成电路板之类设备,这最后一批送到的是测谎仪、红外光谱仪和激光机,也有多款干电极之类的最新传感器元件,还有机器人模型和管线包,以及有一箱诸如硅胶皮肤和电子动物肌肉之类的机器人仿真材料。

两名工程师留在实验室组装设备,另两名去院门口安装新门禁系统,艾轲、何适和顾濛便走到楼下。顾濛为他们沏好茶,便又上楼指导设备组装。

何适说起公司面临的那个跨国官司,他希望艾轲能在一周内还原呈堂所需的原创性研发数据。只要能证实自己的成果在先,就有望迫使对手将Unicorn技术相关产品撤出中国市场。这可是一项艰巨的任务,还原这项成果需要大量的样本、参数和模型,而公司留存的资料已是残缺不全。艾轲感到时间有些吃紧,他说自己会全力一试,但很难说有绝对把握。何适又说这场官司最好是由艾轲亲自出庭,这样胜诉把握会更大些。艾轲表示同意,何适就说明天让办公室抓紧办签证。

"咱们到院子里走走吧,外边空气好……"何适站起身来,艾轲也跟着站起来。

他们走到花园的鱼塘边。他们的身上笼着斑驳的树影。

"你好像有话要说……"

"我只是个提醒……"何适压低声音说,"人都是会变的,这两年你不在……"

艾轲望着何适,等待他往下说。

"你那位女助手……"何适的头微微朝向二楼,声音变得更低,"我也只是怀疑,那次泄密背景很复杂,而且她是台湾来的……"

艾轲默然不语。他神色凝重,不自觉地摇摇头。

"总之是要有所提防,有所戒备。这也事关公司大业。"

"我会留意,可手头这事还真是离不了她,主要是程序设计方面。"

"没问题。有防备就好。还有环境安全问题,我这儿有把枪,待会儿我悄悄给你。"

"枪?"

"手枪。仿真的,但也有杀伤力。必要时可自卫。"

"没这必要吧,这两年在那边,我也练了些拳脚,也是为了自卫。哦,不会是你自己做的吧?你可是仿真专家。"

"两码事,我可只会AI仿真。"

"Unicorn资料真的完全删除了?为什么没留备份?"

"问题是,备份也丢失了,因为也是在系统里,公司规章很严格,个人不能备存……所以很麻烦。幸好你回来了,这就有救了。"何适拿出一张银行卡,"这里有十万,你先用着。"

"不需要这么多。"

"手头宽裕点好。"

艾轲便接过银行卡。

二楼的长窗忽然打开,顾濛在窗口冲他们招手。

"上来吧!"

艾轲与何适便快步进楼。二楼实验室的设备组装已完工,其中最醒目的是那个伫立在窗边的机器人,一款女体机器人。

"贺艾总入住新居,这是公司献上的礼物Alpha-3。"何适望着这个女体机器人,望着它通体裸露的密密麻麻的导线,"既是礼物,也是实验品。这是咱们公司最新款的机器人,程序是濛濛主导设计的。"

一位工程师打开那个装有硅胶皮肤的木箱,顾濛连忙摆手阻止:"实验尚未完成,暂时不必贴皮。"

"确实不必。"艾轲望着这个合金体女人,"作为礼物嘛,这个外形更有质感。"

何适他们离开之后,这座别墅便立时沉入某种静谧中。天色向晚,海上的山峰残留着一抹玫瑰色的晚霞,这时便能听见大鸟掠过树梢的声音,也有陌生的小虫在墙边低鸣。

海螺居只剩下两个人。艾轲和顾濛。艾轲站在楼前的石阶上向着远处眺望,顾濛在最后检查门禁虹膜识别系统的设置。

"只有咱们两个了!"顾濛神情舒爽,她沿着鹅卵石小路朝艾轲走来。

"这样就清静了。海螺居……"艾轲舒展一下手臂,仍然望着远山那渐渐消失的橘红色霞光,"只是吃饭的事得辛苦你,但也不必太麻烦,多备些现成货就好,厨房里有炒菜机,反正也没几日。"

"哈!海螺居,可是这名字有点那个欸,你知道'海螺人'这说法么?"

艾轲困惑地摇摇头,他望一眼海螺居门廊的吊灯。

"海螺人的意思是,有些人外表乖巧文静,看起来跟普通人没两样,但是只要你靠近,试着倾听他们的心声,你就能听到浪的声音……"

顾濛望着艾轲,带着顽皮的笑意,眼神中有跳动的火花。艾轲只是微微一笑,神情仍是肃然。

"门禁弄好了吗?"

"弄好了,虹膜识别我只留咱们俩的。"

"何总应该保留吧?他又不是外人。"

顾濛有些迟疑,艾轲不容置疑地望着她。

"好吧,我先恢复他的权限。电脑里有备存。"

"明天就要进入工作状态了,我有个建议,咱们去对面渔村吃一顿如何?"艾轲故作轻松,神情中却有一丝忧郁。

"蛮好!我举双手赞成!好饿了!"

黄昏的潮气从海上飘来,带着咸腥的味道。不到十分钟,他们就穿过了那片矮松林。正是落潮时分,海滩上的那块礁石——那个名叫阿桑的大男孩白天曾待过的地方——此刻不再是孤立的存在,它已与那片见证过那些贵妇人幸福指数的沙滩连成了一片。沙滩上有很多人在捡贝壳,孩子们在欢快地嬉闹。

他们穿过沙滩朝那渔村走。渔村坐落在山脚,太阳早已落山，山峰间也不再有橘红色的霞光，更低处的那些霓虹灯便亮了。那些点缀在山谷剪影上的灯光，仿佛是从白日的昏睡中醒来，它们以闪烁的热情吸引着络绎而来的食客。

艾轲和顾濛，他们都穿着宽松的休闲装。艾轲是深灰色圆领纯棉衫，顾濛是半露肩的薄丝衫，她这长衫完全罩住了牛仔短裤，长衫之下便是两条长腿。他们边走边随意聊着一个个话题，多半时间是顾濛在说。艾轲感慨无人驾驶汽车已经上路，虽然只是测试，但也显示出人工智能的快速进步。他们由此便说到"电车难题"，那个人类思想史上的著名实验。艾轲说比起那个有轨电车难题，无人驾驶有一个更难解的悖论：假如无人驾驶汽车突遇险情，譬如有人突然横穿马路，汽车必须在一瞬间做出选择，是该保护那个路人还是该保护车上的乘客？一切只能靠预设程序吗？程序专家顾濛也感到这是一个无解的难题。传感专家艾轲认为这比"电车难题"更难解，因为相比而言，"电车难题"更多是技术性问题。艾轲又说起"谷歌猫"，说起"谷歌猫"对于计算机视觉技术的意义，而这也是他与顾濛的专业交汇点之一。人脑约有一千亿个神经元，而谷歌的X实验室已构建起有十亿突触的人工大脑，尽管与人类大脑突触数目尚差几个数量级，但这已是一个很庞大的神经网络系统了。这个谷歌大脑已具有某种"自主学习"的能力，虽然它对猫的概念一无所知，但却在数百万帧图片中辨认出了一只猫。

"他们用了近两万个GPU芯片。咱们也曾讨论过这个方向,百分百模拟压根儿不可能,似乎也没必要,因为人的记忆并非是储存在某个固定空间,而是一种全息显影。"

"咱们是曾讨论过,关键是建构一种辨识模式。你这一出事,一切都耽误了……"

"'谷歌猫'很了不起,但也很难说这就是强智能。既然大脑难以百分百地模拟,就会有多种方式接近。"

"喂,暂时别去想那百分百模拟吧,我是想到你这百分百冤狱,先把这事弄利索吧。"顾濛的语气很冷静,她的声音也很好听,"穷山恶水出刁民,那项合作原本我就不看好,但架不住您这董事长来劲,什么知识产权参股,什么无形资产,一旦开始合作了,技术他们骗走了,就要把你踢开!不只是踢开,还要置你于死地,真够狠毒的……"

艾轲停步望着暮霭中的灯塔,在灯塔和海滩之间,有几只渔船在缓缓地移动。

"是啊,我自己承担了后果。"

"没办法,人性的弱点。你的弱点就是太善良、太天真、太单纯……"

"你这不是在夸我……"

"可是纯度过高了,超纯啊!就像你们的芯片硅纯度，99.999999999%！"

艾轲深知顾濛的潜台词，便也只好沉默不语。

"很抱歉，作为企业掌门人，这就不是值得夸奖的优点。正相反，企业领导人必须下手狠，这点上何适就比你好得多。"

"这我有自知之明，所以那天我坚辞不就。"

"虽然我也知道，善良比聪明更难。不过这样也好，至少暂时是好……只怕是，善良限制了你的想象力，你无法想象人可以有多坏……"顾濛这话显然是有弦外之音，但她不想解释，紧接着她又转移了话题，"你得申请国家赔偿。既然他们中院二审无罪，既然推翻了初审法院的有罪判决，那他们就得赔偿，这才是依法治国。"

"律师也说过这事……其实他们也是活得很艰难。我是眼见为实！就是么个地方，县城还好些，而在山区里，还有孩子大冬天光着脚上学……民风刁蛮也罢，法律无知也罢，都是有历史原因的，也难完全怪罪他们，国家级贫困县嘛！只有生存环境变好了，人才会变好些……"

"悲天悯人哇，菩萨心肠……"

"这是我内心的感受……而我眼下有比这更重要的事……比公司这个事更重要……"

艾轲隐忍的表情中有一种苦楚，顾濛深知这苦楚的原因，于是她便缄口不语了。薄雾笼罩着海滩，也笼罩着那些难以言说的秘密。她转身面向他，望着他的眼睛，他却又望着海上的灯塔。他在回避她那迷离的眼神。她轻轻叹息一声,像是忽然有要紧事想说,他便转向她,期待地望着她。她却欲言又止,只是深吸一口气,以使自己恢复平静。

他们又默默地朝那渔村走去。

别　墅

　　这是一个月圆之夜。午夜时分,当那轮圆月从云层露出时,海滩上仍有一些梦游者。海岬上的这座白色别墅似乎也沉睡了,这个巨大的海螺仿佛是另一个梦境中的主角,这梦境由银色的月光和树叶的低语所构成。

　　白色的别墅沉浸在如水的月光里,所有的窗口都黑着,但别墅二楼的那个身影依然清晰可见,仿佛是失眠者的身影。从远处望去,那个身影好似是在阳台上,其实她(这是一个女性的身影)是站在阳台的玻璃门内侧,她其实是站在房间里。那个身影凝立不动,就这样站在那里,就这样默默地守望着这深沉的夜色。

　　远处传来夜鸟的叫声,别墅的主人(并非产权意义上的业主)依然未能入眠,他干脆起床去实验室。他轻轻地打开实验室的门,一眼便看见阳台边的那个身影。

那是一个裸体女人的身影。朦胧的月光之下，那个身影显现出他所熟悉的质感。因着这月光的朦胧，那个身影显现出某种暖意，某种暖色的柔调。此时此刻，他先感觉到的是大提琴的色调。但这是一个站立的身影，这个身影若是呈坐姿，那么，他在门口看到的背影，就是他梦中的那个形象了，树荫下的大提琴，形若大提琴的裸女的背影，火中的女人……

他的身心凛然一震。此时此刻，那个女体闪烁着温柔的月色，不再拥有那种金属的冷光，也没有那些盘曲的导线，仿佛就是一个真人的躯体，这曾经是他的女人的身体。他止步不前，他深恐打破这种幻觉。那女人默立不动，只是望着窗外。他必须走上前去，他必须看见她的面容，他希望那面容也像这身体，能给予他某种真实的感觉，那种记忆深处的感觉。

然而此刻，一道闪电照亮了这现实，也击毁了这幻觉。电光之中，这身影立时显现出金属的原形，连同满身裸露的盘曲的导线。不再有朦胧的月光，不再有温暖的色调，闪电照亮的是金属的雕像，而闪电的间隙是黑暗。

Alpha-3。

艾轲在黑暗中望着这个女体机器人，这是何适代表公司献上的礼物，也将是艾轲与顾濛的实验品。为了应对那个即将到来的跨国官司，艾轲将在这个机器人身上进行

Unicorn传感实验，而顾濛将以此做相关程序的设计测试。

何适自是一番好意，但这个实验品却使艾轲感到痛苦。上帝是按照自己的形象造人，而何适这位仿真材料专家也热衷于按真人形象打造机器人。Alpha-1是以他自己为原型，那几款"陪护者"也是根据那些失去亲人的客户的要求，以他们那些亡故亲人的形象设计外观，而Alpha-3的外观使艾轲联想到自己失踪的女友。艾轲希望这是自己的错觉，希望这是朦胧月色所带来的幻觉，然而眼前的这个女体机器人分明就是林韵的身形，身高、体形和姿态，都酷似艾轲记忆中的林韵，那个娴静清纯的窈窕少女。

在这个失眠之夜，在这个无人打扰的空寂的别墅里，艾轲想到这个女人，这是他深爱的女人，她在那个雨夜离奇地失踪。他也想到从机场回市区路上看到的那只小猫，雨中迷路的小橘猫。

回城的第二天，也就是那场接风宴的次日，他就独自去街道派出所询问，他想弄清那个雨夜究竟发生了什么。他以失踪者亲人的身份去打听，而警方案卷所显示的事实是，林韵是在那个雨夜遭到不明身份者绑架。此案发生在艾轲出事（外地警察跨省抓人）两个月之后的那个雨夜，两个蒙面人在林韵所住小区的地下车库绑架了她，半小时后，她的住所——她与艾轲的家也遭到了洗劫。艾轲在警方的监控录像中看到了那一幕，绑架者就开着林韵的车逃离，那辆车很快便逃离了摄像头的监控。

离开派出所后，艾轲打车去往那个不复存在的家，那套房子已有了新的业主。艾轲冤狱的罪名是所谓经济问题，他的女友林韵失踪后，外地那家法院异地查封并拍卖了这处房产，所幸屋内的物品没被丢弃，现正存放在公司仓库里。何适探监时也曾说过这事，艾轲感激何适的细心安排。何适确实也是尽心竭力了，当外地那家公司与法院的内鬼陷害艾轲时，何适甚至想替艾轲顶罪，因为这也是两家公司之间的合作，而云芯公司离不了艾轲。

匪夷所思的合作。对于那个贫困县的企业来说，难得遇上这样的好项目，然而他们只是想赚快钱赚大钱，而且最好是独赚。他们其实只是想骗取这项技术，为此他们蓄意与当地基层法院相勾结，罗织罪名将艾轲投入监狱，以期独霸这项技术。

如今二审法院已宣判艾轲无罪，艾轲深知在这件事上有很多人在撒谎作伪证，这便是现实，这现实使他陷入深深的绝望。正是这种绝望驱使他在服刑期间有所作为，也就是改进了国产测谎仪技术。而荒诞之处在于，正是这项技术成果使他获得了减刑的机会。

林韵失踪已然是事实，但这个事件中又隐藏着多少谎言？关于她被绑架的原因，派出所那边有两个版本的推测，简单的版本是有人劫财劫色，而复杂的版本是说，林韵有间谍嫌疑，就是那种商业间谍，警方说曾经收到这样的匿名举报。而这个版本的说法传到云芯公司，有人甚至怀疑这起Unicorn泄密也可能与她有关系，因为她毕竟是这项技术的研发者艾轲的女友……

此刻，在这个孤独的深夜，艾轲默默地望着实验室里的这台测谎仪。对于这项技术，他有很多改进思路。而今于他而言，他希望这不只是一项单纯的技术提升，他希望这项技术有更多的用途，甚至希望能用它来解决自己面临的难题，希望它能帮自己解开这个谜团……

就这样熬到凌晨时分，他才昏沉地睡去。

狂风呼啸，这是来自海上的旋风。野芦苇在风中摇曳，雨燕在芦花之上低飞。宝石蓝跑车在通往别墅的小路上飞驰，顾濛远远地便看见了那棵凤凰木。树枝随风起舞，扬起细碎的花瓣，望去像是红色的雨滴。

昨天她并未留在别墅过夜，别墅里其实也有她的住处，她的卧室在一楼，二楼也有她的个人实验室。她在门口停车，通过虹膜识别门禁后，便将跑车开进院内，铁门随即在她身后合上。

她拎着给艾轲带的早餐，而此刻艾轲尚未起床。二楼卧室的窗帘仍未拉开，顾濛便望着阳台上那个女人的身影。隔着这样的距离，顾濛看到的是一尊爱神维纳斯的雕像，不是断臂的维纳斯。女人的身形微微扭转，形成一个美妙的姿势,她以左手轻揽着右臂,右手则轻掩着下身。她就静静地站在那里,阳台一侧的簕杜鹃恰好做了她的衬景,这个季节簕杜鹃尚未开花,那片茂密的绿叶透着生机。顾濛望着阳台上的美景,便想到要及时为簕杜鹃浇水……

艾轲梦见了蜘蛛网,一道又一道的蜘蛛网,像是重重屏障。它们布满一条黑暗的管道,像是城市的地下管道,也像是山间的隧道。他看见一只橘黄色小猫在奔逃,前方是无尽的蛛网,脚下是一片片污水。他想伸手为小猫拂去那些蛛网,却感到自己的身体被困住了,像是被困在城市高楼的一角。他望着身下那些闪烁的灯火,又听见一个人在旁边冲他哭叫。那哭叫者只是一个人影,像是皮影戏里的那种形象,但分明是一个男子的形象。那人在向他哭诉,像是在忏悔和哀求,而他只是不动声色地望着远处。此刻他心如死水,心如坚冰,他只是漠然地望着这冷酷的世界。那人是在说自己已走投无路,是在请求他的宽恕,也是在向他求救。那人说要跳楼,而他依然不为所动。他们是在一座楼房的阳台上,那人与他只相距数米远。那个绝望的人像是要跳楼了,那人跟跟跄跄晃向阳台的护栏,而他——这个做梦者——的眼神忽然闪亮,却不是为那要跳楼的人而闪亮。此刻他正出神地望着另一个方向,望着一只受伤的小橘猫,那只小猫正在怯怯地走来。那个奔向护栏的人最后朝他望一眼,但他只是温柔地望着那只小猫。接着便传来一声惨叫,接着便是跳楼者坠地的声响。……

就这样他从另一场噩梦中醒来。他看不清那个跳楼者的相貌,也难以判定其身份,但有一种感觉很明确,梦中的意念告诉他,那个跳楼者就是陷害他的人。他的冤案虽已平反,但那些构陷者尚未受到严惩,因为他们不是某一个具体的人。内地那家企业,那家企业所在地的基层法院,还有其他看不见的势力,总之是没有哪一个具体的人来担责。于是这个梦中的形象便是模糊的,他也为此而感到困惑。

他并不想复仇,也无力复仇,但是他要判明真相,而二审判决也算是给出真相了,尽管并未严惩某一个具体的作恶者。既然如此,那些作恶者又怎会主动向他求饶?又怎会绝望到跳楼?……莫非与林韵的失踪有关?若是这样,他必会有自己的选择。一如梦境所示,他也许不会选择复仇,但也不会轻易饶恕。

想到这里,他打了一个寒噤。他起床走进实验室,又走向室外的大阳台。他望一眼阳台边上那个女体机器人,又站在护栏处朝下看。地上并无坠楼者。

他看见了那辆停在树下的宝石蓝跑车。

顾濛已在她自己的实验室开始工作了。此刻她正面对着电脑屏幕上的3D脑波图,这是一段留存的活动影像。屏幕上的脑波像是一片起伏的波浪,波峰在随着脑波活动的强度而变化。

外边有敲门声。只能是艾轲,别墅里没有别的人。

"请进。"顾濛站起身来,"早上好!没吃早餐吧?我放在一楼餐厅了。"

"好!稍过会儿。"艾轲瞥一眼电脑屏幕,屏幕上的脑波正呈现出剧烈的波动,"只有一周时间,恐是很难完成。……刚才我做了一个梦,有一种启示……"

顾濛望着艾轲,试探地说:"与林韵有关……"

"我那些个人物品是存放在公司仓库吗?"

"是。原本我是想让我表姐买下那套房,也保留那些物品。可一时钱凑不够,拍卖现场就被别人抢走了。"

"好在何总保存了那些物品。"

"好在我见过那些物品。"

艾轲不解地望着顾濛。

"喂,我不是公司副总吗?当然是后来提升的,我也分管公司技术资料档案。……你也知道,很多有价值的资料已被抢走……"

"我必须尽快去看看,也许她留下了什么线索……"

"我不想你伤心,所以一直没提此事。"

"今晚就去！你有权限吗？"

顾濛点点头说："我有开门的权限……当然你更有权限，是要物归原主了。"

"你自然是看过了……有没有特别发现？"

"也不能说完全没有……但我看见的东西未必是你所要的特别发现……"

顾濛这话有些蹊跷，但她似乎无意解释。艾轲也不便直接逼问，因为何适提醒过他，他不得不对顾濛有所提防，不能让她看透自己的心思。

"公司这起跨国官司，其实与我没多大关系了。我这算是尽义务吧，只有不到一周时间了，咱们尽力做，我担心恐难完全还原这实验。"

"反正这是您的实验，我只是协助。尽人事，听天命。可您怕是难以完全进入状态，毕竟有比这更重要的事……我完全理解，我全力配合……请相信我……"

"谢谢你的理解。晚些我去看看，就今天。"

石 岗

  书桌、书柜、衣橱、茶几、餐台、镜框、轴画、钢琴、大提琴……这些物品曾经是一个温馨之家的必备元素，在那套被称作家的房子里，这些元素曾被分置在不同的房间，它们构成一种属于男女主人的优雅品位，它们如今却是被堆放在一间库房里。

  傍晚时分，艾轲随顾濛进入这间位于公司13楼尽头的库房。家已被毁，剩下的只有这些杂乱堆放的物品。进门之后，艾轲便立时有些发愣，像是意外地进入了某个虚拟现实的场景，眼前是一些熟悉的物品，但此时此刻，这些物品给他带来的不是温暖的亲切感，而是一种内心深处的灼痛。

  顾濛感觉到了艾轲的情绪。她没有说话，只是悄悄地退到门外，又将门轻轻带上。

  艾轲神情恍惚地站在门口，但他很快便恢复了镇静。

他先是奔向那几个未打封条的书箱，他的目光飞快地掠过那些竖立着的书脊，他的双手也飞快地掀动那些横摞着的书本，这几个书箱中似乎并无他要找的东西。他又拉开书桌的抽屉和书柜的小门，那里面也有一些书，还有一些影碟和音碟，他更仔细地检查这些音碟，显然是为了某个特定的目标。他显然未能发现那个目标，便又在其他物品中搜寻。

顾濛在走廊上等候，此时员工们早已下班，这个LOFT风格的楼层已是空无一人。顾濛走到楼层中部那个迷你咖啡吧，她从自动售货机上买了一红一绿两瓶冰茶。她喝着那瓶红茶，便拿出手机看。她其实是有微信的，已有三天没看新闻了。她左手握着手机，右手食指快速地刷屏。

"厉害了！我的城！吼吼吼！"

这是微信朋友圈里频繁出现的一句话，是这三天新鲜出炉的流行语，是火遍朋友圈的口令，是所向披靡的时髦。"吼吼吼！"——她在想这究竟是何意？谁在吼？如何吼？这个"吼"字在结构语言学上的能指和所指是什么？这三个"吼"字连用令她联想到某种动物抢食时的叫声。她忽然感到自己好无聊，犯得着为这种无厘头的热词而动脑么？

她厌烦地关掉朋友圈页面，就见通信录栏有个请加好友的提示。请求者的名字是"阿桑"。顾濛并未马上加他，而是问对方何以搜到她。阿桑说这根本不是问题，既然他已知顾濛的名字，也就能获知更多信息。顾濛仍未加他，只是在这个对话框与他交流。

顾濛：还有更多信息？

阿桑：牛津大学计算神经科学博士，毕业论文：《类脑智能算法研究》。来大陆五年，现为云芯公司副总。

顾濛：Go on.

阿桑：单身未婚，三十五岁，白羊座。

顾濛：Omg！征婚启事啊！

阿桑：别忘了你说过的话。

顾濛：我说啥？

阿桑：很希望你有些黑客技术。

顾濛：没错，我是说过。

阿桑：其实，我的另一个身份就是这个。

顾濛：好啊！咱们会见面的。

阿桑：我没你电话，若不这样联系你，又怎能见面？

顾濛：我给你打电话。

阿桑：我是给你留了，可没见你存下，怕是早忘了！

顾濛：我……我没忘……

阿桑：不必说谎。

顾濛：我不撒谎。

阿桑：你存了？没撒谎就给我打来。五秒钟内！

顾濛：我想想……

顾濛敛目垂首,强迫自己迅速入定。她右手拿着手机,左手中指轻叩额角,三秒钟后,便在手机上输入十一位数的号码,并立即按下通话键。

电话拨通,手机里传来阿桑的惊叫声:"哇!顾姐!好虐哇!"

顾濛讥讽地笑道:"我是没存,可也没忘欤。"

正在这时,库房门开了。顾濛卷起手机,将其套在手腕上。看见艾轲站在那里,他的神情有些茫然。

顾濛走过去,将那瓶绿茶递给艾轲,试探地问:"一无所获?"

艾轲摇摇头,并不掩饰自己的失望。

"也是不出所料,有用的东西都被抢走了……"顾濛试探地说,"也有不少技术资料吧?"

"技术资料算是有用,抢走这个我理解,问题是,有些没啥用的东西也不见了……"艾轲像是在自言自语,接着便转向顾濛,"这库房……这些物品有别人经手过吗?"

"还真是没别人……我不放心别人,就一直是自己管。钥匙都在我这里。"

"那么,只能是那些劫匪也带走了一些无用之物……"

"也不排除这种可能……也许他们是有意搞乱现场,混淆注意……"

"有道理，但是在未来实验室看了那个Alpha-2，我对那个声音有些好奇……那是你的智能设计，我曾问你那个声音是否有来源……"

"我说……也许是有某种记忆……"顾濛期期艾艾地说，"你就直说吧，你是指我监守自盗吧？"

顾濛并不回避艾轲错愕的眼神，而且她的神情中也隐隐有某种敌意，这似乎是一种挑战的姿态，一个危险的信号。

艾轲的眼神中多了一丝戒备，顾濛感觉到了。有一丝戒备，更有一丝痛苦。此刻不是为那个失去的女友，确切来说那是恋人也是妻子，而是为眼前这个女友，确切来说是女助手，他最信任的女同事，而这种信任正在失去，或者说已经失去。

"林韵是大提琴师，她有一些珍贵的音碟，刚才我看见了，有些还在，但是还有一些音碟，有她自己声音的，有她自己唱歌的，也有接受采访的，有那么几张，都没了……对我来说，这些很重要……"

"对我来说，这也很重要。"

"你为什么这样说？"艾轲疑惑地望着顾濛。

"我也迷恋她的声音。我很少听见这样的好声音，轻柔，清脆，甜美，纯净，其实是很难描述，身为女人，我都有些嫉妒了。"

"你的声音也蛮好听，很有磁性……"

"喂,此刻我不要你恭维……我监守自盗,被你抓住了。"

顾濛语气中不再有那种隐隐的敌意,不再有那种危险的信号。"不要"带着明显的台湾腔,听来很像是biao音。

"那么……你是为保护这些资料?"

"偷窃式保护。你那房子被拍卖时,我想买下也是为了保护,也就不用偷窃了,遗憾没买成……"

戒备解除。艾轲明确地提出自己的要求,像是给助手下令:"我要今天看到。"

"冇问题,就在我车上。"

"为什么是在车上?"

"我本想从家里带到海螺居,也是为了还给你,结果忘了这事。"

"也好,这就去。"

他们乘电梯下到地库,就见这里还有其他取车者。在这座双塔连体智能大厦,云芯公司只占了南塔的三层,因而在这停车场上所见的基本都是陌生人。这是一个迷宫般的巨大车库,多区多层以无数条滑轨连接,车主们刷卡后站在线外,像是站在保龄球道的掷球位,那些滑板便迅速地将他们的车送进或送出。顾濛在机器上刷卡,一分钟后,滑板送来了她的宝石蓝跑车。

顾濛驱车驶离双塔大厦,又拐过两个街角,才在一个公园的门口停下。她从后备厢取出一个小皮匣,又回到车上。她将皮匣递给艾轲。

"所有我拿走的都在这里了。"

艾轲拉开皮匣拉链。皮匣里有十几张盒装碟片，有些带原版图文，有些则是手写的标签。艾轲是有目标的，十几张碟片唰唰翻过，便找到了他要的那张：《巴赫大提琴组曲》。

"要找的是这张么？"顾濛低声问。

"只是个纪念……"

艾轲并不愿明说，顾濛自然有感觉。

"物归原主了，我也了了一桩心事。"

"感谢你费心，很感谢！今天就这样吧，你也早点回去休息。"

艾轲将碟片放回皮匣，然后拉上皮匣的拉链。

"我送你回去。"

"不用麻烦了，出租车这么多……我也溜达几步，看看街景……"

顾濛有些迟疑，但不便勉强。她向车窗外瞥一眼，确实有不少出租车路过。

"好吧，注意安全。"

"辛苦了！明天见！"

艾轲坐在出租车后排。他让司机亮灯，然后迅速打开皮匣取出那个碟盒。《巴赫大提琴组曲》，西班牙大提琴师卡萨尔斯的演奏，碟盒的封面是卡萨尔斯在拉琴，背景是一座石砌大教堂。艾轲抽出夹层里的纸页,他的神情有些激动,他闭目片刻,这才翻看纸页的背面。

空白的背面有一个大写的"M"。手写的字母。

艾轲立时便有些心跳加速,他又翻看纸页的正面,那个背景图片,那座石砌大教堂。

"圣心大教堂!"艾轲让司机改路。

"石岗教堂?"

"对!石岗!"

石岗大教堂位于河湾区的江边,就在艾轲原先所住的片区。这是一座全石结构哥特式建筑,一对八角形的尖塔高耸入云,二层的正面是一个巨大的玫瑰花窗。这石雕镂空的圆形花窗之下,便是教堂底层的尖拱券门。

艾轲来到石岗教堂时,一场晚祷刚刚结束,信徒们从那拱门下走出,其中有不少是黑人。他快步走进大堂,就见有更多的人沿着参礼间的过道往外走。大堂的墙壁和穹顶均是由巨大的石块所构成,这些方形和弧形的巨石严丝合缝地拼合在一起,支撑穹顶的石柱亦是由巨大的花岗岩石块所拼接。祭台上依然燃着烛火,巨大的管风琴仍在轰鸣,有人仍然跪在木凳上,仿佛是沉浸在这神圣的乐音中,迟迟不愿离去。

玛利亚修女从告解室走出,她手拿一本羊皮纸封的袖珍本《旧约》。她站在一根粗大的花岗岩石柱下,静静地望着那些往外走的人，于是便看见了那个刚刚走进教堂的男子。

黑长袍，白头巾，玛利亚修女静静地站在巨大的花岗岩石柱下，她的身上闪动着神秘的光影，这来自石室天穹的光照，也来自祭台烛火的辉映。此时此刻，这位年长的美妇人身上分明也有一种圣洁的光辉。

艾轲默默地朝玛利亚修女走来，他右手拿着那个皮匣。

"你终究还是来了。"玛利亚修女像是在喃喃自语。

"玛利亚嬷嬷好！我叫艾轲。我为林韵的事而来。"

"那你一定是发现了什么？"

"巴赫……这是她最后留给我的信息。"艾轲打开皮匣，拿出那张《巴赫大提琴组曲》，"我们有过这样的约定，因为……因为我遇上那桩倒霉事，她也难以总去探望我，我们便有这约定，万一她遇到意外，她会在这张巴赫的音碟上留下秘记……"

"林韵妹子，多好的乐手！"玛利亚嬷嬷轻叹一声，"她给你留下了什么？"

艾轲抽出碟盒的夹页，玛利亚嬷嬷看见了纸张背面的"M"。

"M就是我，玛利亚。其实我也一直在等你找来，当然这有个前提，前提是你是这样的有心人。有心还不够，也还得有智慧。"

"有智慧也还不够,还得有信任。林韵信任您,您是她的……教母,我也对您有这份信任。"

"我相信你说的是实话,但我还是难以跟你说出这实情。"

艾轲惊愕地望着玛利亚嬷嬷,望着这个金发碧眼的意大利人。

"爱所有人,信任少数人,不负任何人。"

"这是莎士比亚说的……"

"问题是……你是信任所有人,因此我就不能多说。"

"天性如此……而今我已深知这是我的缺陷了,我也在试图改变。从理性上来说,我也深知不应信任所有人,譬如我改进测谎技术,就是基于这种认识,当然也是现实需求。至于应用推广,那不关我的事,但确实会有大市场……"

"大市场……你还是要回原先公司吗?听说好些公司都想做成独角兽,可他们未必知道独角兽的含义……"

"好像教会有个说法,说是独角兽的死,象征着耶稣的热情……还是请您指教吧。"

"更早的时候,大洪水来临的时候,动物们都登上了挪亚方舟,唯独独角兽上不去,它体格太大,它便以那只尖角推舟前进,最后却是自己丧生了……"

"《圣经》有这样的记载吧?"

"有,《旧约》不止一处提到。"玛利亚嬷嬷接着转移了话题,"林韵跟我说过,你是生物传感专家?"

"我是想深度融合生物传感和测谎仪这两种技术,也可以说,我是拥有这样的专业自信,目前是在脑电传感方面走得比较远了。"

"谎言真的能测试?这我倒是很感兴趣……"

"因为人说谎话和真话用的是大脑不同的区域,大脑中有一个与道德抉择相关的前额叶皮层,经颅磁共振作用在这个区域,受测者的撒谎商数就会提高,也就是说,他的谎言商数就更高。这可能是因为经颅磁刺激对前额叶皮层产生了抑制作用,也就限制了脑神经对理性意识的感应,也就使说谎者免于受到道德约束的困扰。不久的将来,成像扫描技术可以派上用场,我也有望以生物传感提高测谎率,甚至可以指望绝对精准!"

"听起来也蛮实用啊!"玛利亚嬷嬷笑容中有一丝讥讽,"莫非将来有一天,我们教会也有这个需求?"

"《摩西十诫》也说是不可撒谎。"

"不是这样说的,第九条是说'不可做伪证'。当然,做伪证也是一种撒谎,且是比一般的撒谎更恶劣。"

"撒谎也好,做伪证也好,这都逃不过我这测谎仪。假如再有更多的升级和改进,那么,这就不只是测谎,从某种意义上来说,这就能测试人心。"

"不要测试人心!"玛利亚嬷嬷神情立时变得严肃,艾轲再次惊愕地望着她。

"从技术上说这是有可能的,生物传感,颅脑皮层刺激,心电测试……"艾轲试图解释。

"人心经不起测试!它会让你失望!"玛利亚嬷嬷厉声说。

艾轲缄默不语了。他想回到正题,回到他来此地的目的。

"她最后见到的人是您……我想知道那是什么时候。"

"她出事应是在你出事两个多月之后。"

"这我知道。您说她出事是指被绑架吗?这就是说,她是在被绑架之前来见您的?"

"是那之后。"

艾轲立时惊呆了。这就是说,林韵并未在那场绑架中丧生,既然她在那之后还能来见玛利亚嬷嬷,这就意味着,她仍有活着的可能……

他为这个念头而震惊。他望着玛利亚嬷嬷的眼睛,希望得到一个确定的信息。

"她还活着……"

艾轲怔怔地望着玛利亚嬷嬷。这是来自天国的福音。他的内心涌起巨大的狂喜。这是死而复生的喜悦,一个幸福的瞬间。他真想拥抱这个给他带来福音的圣女,他想亲吻她的手,他想俯身在地,亲吻她的脚。在此之前,他的内心早已深陷绝望。他不敢指望今生还能再见到林韵,既然她在那个雨夜消失后就杳无音信,既然警方推断她已被那些绑架者所谋害,他在绝望的黑暗中就看不见一丝亮光了。而今玛利亚嬷嬷亲口说她还活着……

"但是她现在不在国内。我也不知她在哪里。"

"她会获知我的消息么?"

"也许……但她不会来见你……"

"传闻她与泄密事件有关……但我绝不相信!她绝对不是那样的人!"

"你这感觉是对的。泄密者另有其人,但绝不是她。"

"既然我是冤狱,而且也回来了,我就必须找到她。"

"你不必徒劳,也许今生她都不会见你了……"

艾轲陡然感到一阵晕眩。事态远比他想象的更复杂更严重,方才的那种欣慰感旋即消失了。他在晕眩中回味着这句话。毕竟是有了这样一个好消息,一个意外之喜,有了这黑暗中的一丝亮光,就有了更多的希望。他相信玛利亚嬷嬷所说的每一句话,但他不愿相信这一句,他不相信活着的林韵会终生不见他。

"时辰不早了,咱们都该休息了。"玛利亚嬷嬷显然是不想多说什么了。

"那么……她还会与您联系么?"

"那就得看她的意思了,人生并不长。凡事都有定期,万物都有定时。生有时,死有时。哭有时,笑有时。寻找有时,失落有时。……保守有时,舍弃有时。静默有时,言语有时。"

"无论如何,我是不胜感激!非常感谢!感恩您赐我这福音。"

"感谢万能的圣父,他不会让你再受苦。"玛利亚嬷嬷伸出右手,在额头、前胸和左右肩窝画一个十字圣号。

艾轲合掌致谢。

玛利亚嬷嬷望着艾轲出了大堂,便转身朝那祭坛走去。参加晚祷的会众已散去,只有几名义工在清扫。此刻石室的枝形大吊灯已熄灭,只有几盏壁灯还亮着。祭坛上的蜡烛也还亮着,烛光映照着十字架上的耶稣。

"玛利亚嬷嬷,晚上好!"有一个女声在低唤。

玛利亚嬷嬷缓缓转身,就见顾濛神秘兮兮地溜过来。

"顾博士在玩跟踪哇!"

顾濛朝门口瞟一眼,轻轻点头。

"是他在跟我玩神秘!"

"他是有些神秘,可也很优雅。"

"他也是多虑欤,以为甩掉我了!"

"他学会提防人,也对。你放不下心事,也没错。"

在玛利亚嬷嬷面前,顾濛有一种特别的温顺。玛利亚嬷嬷跟顾濛说话,像是大姐对小妹说话,既有温情,也有严厉。

"他是很有魅力,首先是个好人。智商高,有风度,但是他有他的大难题。"

"我是想知道,刚才你们说了什么。是与林韵有关吗?"

"这恰恰是我不愿告诉你的,因为这是个秘密。对你来说,这也是一种考验。假若你利用了这个秘密,你或许能达成自己的愿望，这却是我不愿看到的。"

"这只能有一种解释……我有这个预感……林韵还活着……"

"那么，你是再次承认我所担忧的事。上次告解的时候，你曾说过这桩心事。假若林韵不在了，艾轲早晚会死心，你与他就有望走在一起了。假若她还活着，你必然就没这希望了。"

"不必假设了，您的信息很明确。"

玛利亚嬷嬷朝那侧门走，顾濛默默地跟着她。

她们出门来到葡萄园，玛利亚嬷嬷坐在石凳上。顾濛并不坐下，她站在一旁绞着手。玛利亚嬷嬷将《旧约》放在有百合花图案的石桌上。

"林韵是我的好姐妹。艾轲出事后，林韵得了严重的抑郁症，我看着比她还要难受。为了帮助她睡眠，我有试着给她做治疗，那是一种经颅直流电刺激实验……"

"怎么个刺激？"

"戴个头盔，电极连接头皮外侧，弱电磁场瞄准大脑特定区域，进而刺激或抑制选定的大脑活动。"

"是与你的专业研究有关么？"

"也算是AI——人工智能的一种。弱人工智能并无太高的技术含量，但强智能就能解决更高级的人机融合问题。智能是必要的，但意识是否也必要？机器人是难有自主意识，但我们仍有可能给它输入某种复杂程序，使其具有强大算力，进而使其具有某种思维能力和自主行动。……不好意思哦，我跑题了，打住！"

"有意思……艾轲也是研究这个的吧？"

"都是这个大范畴，专业上互补，但大思路是他的，他是领军人物，是灵魂。"

"那么，我听说……机器人是要取代人类？"

"岂敢岂敢！只能说，强智能将来会具有某种'神力'，它们有可能独立进化成'超人'，有可能加速催化一个新物种。"

"可是它们能分辨善恶吗？它们会有体温和感情吗？它们或许是新物种，可我们毕竟还是人……"玛利亚嬷嬷叹息一声，"别说我是老守旧，当初上帝是按照自己的形象造人……"

"我们也是按人类的形象造人，我们有一流的仿真专家。"

"我不是这意思！"玛利亚嬷嬷面有愠色。

"对不起欸，我……"顾濛担心自己说多了。

"不是你的问题，是我……我也是累了……"

"那您就早点休息吧，我不该来打扰……"

"不是这样，你来得正好。你说新物种将来有'神力'，只怕是大地上仍会有卑微者，他们仍在哀哭，仍在盼救主扶持义人……我说自己累了，是说身心疲累，主要是心累……"玛利亚嬷嬷的神色又变得温和了，她示意顾濛也坐下，顾濛便坐在另一个石凳上。"有件事，正好有个托付，我怕是要回去了，也是为了治疗……"

"回去？回意大利？米兰？您的身体……"

"别担心，也无大碍……但是该休息了。一代过去，一代又来……"

"没大病就好……我可真是舍不得您离去……"

"谢谢你……我又怎么舍得？"玛利亚嬷嬷望着葡萄架上的一只蝴蝶，神色有些忧伤，"耶稣最后一次进入客西马尼园祷告，其实是为了选择可靠的继承者，加略人犹大还是在那里出卖了他……"

这话题陡然变得有些沉重，玛利亚嬷嬷也是很严肃，严肃中有一种深沉的伤感。

"耶稣是需要有人做见证……我之所以说今天你来正是时候，是因为我有所托付，而最合适的人选就是你……"

"我一定不负所托！"顾濛的语气很庄重。

"其实也没这么急，我也不是立刻就走。这几日你在忙些啥？"

"要命的跨国官司，明明是被侵权，却被反咬一口。我在配合艾轲还原那项实验，为开庭提供证据。"

"听艾轲讲，传闻林韵与泄密事件有关……"

"无稽之谈！鬼才信！"

"没人会信这个。艾轲当然也绝难相信。那么，应是另有其人……"

"警方都没辙……"

"警方啊,警方案子多,也未必每一桩案子都使力。就说林韵失踪这事,有人查过她的出境记录吗?"

顾濛震惊地站起身,愣怔地望着玛利亚嬷嬷。

"你说要为机器人输入更复杂的程序,使其有思维能力,使其有自主行动,这些程序也该是模仿人类吧?可是人类的心思你有足够的研究吗?人心的复杂你有足够的研究吗?"

顾濛一时无语了,只是默默地点头。

"既然这个官司有时限,你们还是先忙这事吧……"

"您说有个托付……"

"我说了,也没这么急。我倒是要你先忙手头这事,到时候也更能理解我这个托付的意义。也研究一下人的复杂性,记着我这话。"

"那么……我何时能再来找您?为了那个托付……"

"也就这几天吧,你的研究有了进展,有了发现,就随时可以来。"

"我明白……只是还有个问题,林韵的事……林韵还活着这事,您跟艾轲说了吧?"

"你说我该怎么做?"

"我理解……"

"这件事我是说了,但我要托付你的事就不能跟他说。我绝不会说,你也永远不能说。"

"永远……是与林韵有关吧?"

"她是你的好姐妹,也像是我的女儿,我是希望你们都好……这是难,但也还是有办法,这就需要你永远保守这个秘密,永远不能对任何人说起,包括警方,包括艾轲。对你来说,这是有些艰难,因为这是一种选择。因为一旦你向艾轲说出这实情,艾轲也许就会因某种绝望而放弃她,就会有可能与你走在一起,但我不希望你这样做。我不希望你利用我的信任,不希望你利用这个秘密而实现自己的愿望。"玛利亚嬷嬷说到这里,教堂的钟声响起来了,洪亮的钟声在夜空中回荡。"当然,艾轲也许不会那么做,他为人有良知,有深情,但我还是要明言在先,这是我给你这份信托的前提。当然,对你来说,也许这意味着某种残酷,意味着某种牺牲。因为爱是恒久忍耐,爱是不嫉妒、不自夸、不张狂,爱是永不止息。做人……是有难度,这你必须想好,不然咱们就不必有这番托付了。"

"艾轲是我所爱的,即使没有回报,我也会尊重他的选择。林韵是我的好姐妹,只要她还活着,只要为她好,我就可以按您所说的做。我可以做出这种……牺牲。为了您的信任,我愿意发誓!"

"是的,你必须起誓。虽然你不是信徒,但也可以以神的名义起誓,天地为证。"

顾濛庄重地跪下,就在玛利亚嬷嬷的膝前。玛利亚嬷嬷双手托着《旧约》,顾濛左手抚胸口,右手按在圣书上。

"我以神的名义起誓,为了我的好姐妹林韵,我将永远守住玛利亚嬷嬷托付给我的秘密。天地为证!"

顾濛跪地不起,微微低垂着头。玛利亚嬷嬷轻轻托起她的脸。顾濛的眼里闪动着泪花。

玛利亚嬷嬷轻吻她的额头。

临界点

1989年，美国海军在执行北太平洋潜艇监听任务时，无意间听到一种不同寻常的鲸类叫声，它的频率是52赫兹。人们推测，这可能是一头蓝鲸，并给它取名"Alice"。蓝鲸是地球上最大的动物，它拥有地球上最响亮的叫声。在海面上，鲸鱼常常一跃而起，犹如一名优秀的跳水运动员，姿势优雅而有力。人们至今无法解释鲸鱼为何有这样的举动，有人说它们可能是为了向异性展现自己的身材，或者向同性显示自己的力量，也可能只是出于一个最简单最单纯的原因，那就是为了展现自身的快乐……

21世纪的这个夏日午后，我们这位生物传感博士望着别墅外幽蓝的海湾，望着远方更为辽阔的海面，他便想到那头名叫Alice的蓝鲸，想到它在大洋深处那个巨大的超声场，想到浩瀚的海洋所吞噬的另一些声音。一望无际的海洋，看不见的彼岸。所谓彼岸，只是另一种存在。

他一大早就跑到海关出入境管理大厅，他在那里查到了林韵的出境记录。她的目的地是美国纽瓦克机场。他又立即用手机联络在美国的好友，拜托他们帮着查找林韵的下落。一大早忙完这些，他才匆匆赶回海螺居。顾濛早已到了，她为艾轲带来了早餐，也为他带来了全套的潜水设备：潜水衣、呼吸器、手电筒、面镜、脚蹼，还有氧气瓶。顾濛说有了这新款呼吸器，潜水就不必背气瓶了。

艾轲感到有些意外。尽管他酷爱潜水，但这些日子他不会有时间，也不会有心情。他边吃早餐边说起这几日的工作思路，他要全力还原Unicorn传感的实验数据，而顾濛则是做相关程序的还原。艾轲吃完早餐就要上楼，二楼有他的实验室。他缄口不提前夜去石岗大教堂的事，顾濛便忍不住要说话了。

"我没猜错的话，刚才你是去海关了……"

艾轲有些愕然，他审慎地望着顾濛，期待她再说些什么，想知道她还了解多少。顾濛却不想再说什么了。她已向玛利亚嬷嬷发誓，她会永远保守那个秘密，虽然直到此刻她尚不知是何秘密，但那一定是与林韵相关的秘密。她不能向艾轲透露任何与此相关的信息。

顾濛神色平静地倒了两小杯红酒，她将一只酒杯递给艾轲。

"无论如何，咱们要为林韵祝福！为她还活着！"

他们轻轻碰杯，神情都有些激动。这是为他们深爱的女人干杯。

"喂，这个官司有这么重要吗？"顾濛忽然生气地说。

"当然很重要！Unicorn毕竟是我的原创成果，为了公司利益，我有义务帮着打赢这个官司。"

"既然如此重要，为何没有万无一失的保护措施？备份即便在系统里，也该有特别的加密保护……"

"说丢失就这么丢失了……说来云芯也只是个新公司，难免管理不到位，安全有漏洞……"

顾濛若有所思地摇摇头。

"这是托词欤。"

"不是有泄密一说吗？漏洞虽说难免，但任何操作都会留下痕迹。我建议请何总彻查一下……"

"查过了哈！没用啊！要查也得换种方式，不惊动任何人，神不知鬼不觉……"

"黑客……"

艾轲话音未落，顾濛便兴奋地与他碰杯。

"你是搞程序的，该有这方面的接触吧？"

"我还真有这么一个人……技术应该算是大神级了，这么说吧，前几年他曾潜入腾讯系统，还顺手盗走了某总裁的QQ密码……"

"即便有这样的人,也得可靠才行,不能搞破坏,不然反会给系统带来大麻烦……"

"他潜入腾讯也不是要搞破坏,那更像是恶作剧,他的乐趣在于发现漏洞,并发出警告。因此我可以确保,进入云芯系统就更不会搞破坏,而且还会更隐蔽。因此我也希望您做出保证,这事只能是暗中进行,不能向任何人透露风声,也包括蒋总,也包括何总,所有人。"

"我向你保证。为了有双保险,眼前的实验咱们也还是要继续做,万一黑客一无所获,官司也还需要咱们这些资料。"

"向您致敬!创始人的责任。"顾濛语带讥讽。

"我自知是有些迂腐,可也是无奈。"艾轲苦笑着说,"Unicorn技术毕竟是咱们的研发。"

"好吧,咱们分头工作。"

艾轲动身上楼。顾濛便收拾餐桌。艾轲忽然在楼梯口回身。

"你能上来一下吗?"

顾濛走上二楼,艾轲已进了他的实验室。他正站在那个Alpha-3女体机器人前。

"这个能放在你那边吗?其实我主要是案头和电脑的工作,这个一时用不着。放在这里总感到分神,也不知为什么……"

"也好,其实我是更需要。"

"那些'陪护者'不是会走路吗？"

"这个也会走，抽空你调试一下就好。"

"传感系统我已做了些调试和改进，主要是它的动觉、触觉和滑觉，还有接近觉。"

"信号处理有改进吗？还有数据感应方面。"

"也都有所提升。"

Alpha-3尚不能自己走路，他们便动手挪移它。这样挪动有些费劲，艾轲干脆抱起它。这个金属形体比人身更沉重，艾轲将它抱到顾濛的实验室。顾濛也将那箱机器人仿真材料搬了过去。

顾濛满意地打量着Alpha-3，有些激动地搓着手，像是急于要着手某项实验。

艾轲也满意地环顾这间实验室。巨大的人脑神经元模型，经颅直流电刺激器，配有电极的头盔，投影仪，电脑，一切都摆置有序，窗台上还有一株野蔷薇。他的视线无意中落在电脑旁的一宗案卷上，像是一册厚厚的病历，那封面上的名字是"LY"。

顾濛脸色陡变，但已是来不及了。艾轲已拿起了案卷，几乎是以抢夺的动作将它抓到手。顾濛并未与他抢夺，她只是呆呆地立在原地。

艾轲快速翻动案卷，这确实是一本病历，重度抑郁症患者的治疗记录。一种特别的治疗记录：经颅直流电刺激治疗。这是一册大开本病历，艾轲左手托着病历，只靠右手翻动,这样就有些不便。他干脆将病历放在工作台上,两只手快速翻动。顾濛并不近前,她只是立在原地,无奈地静待艾轲的反应。

这厚重的病历中是密密麻麻的图谱和数据,这是患者呼吸和心电等临床反应的详细记录,纸页间也夹着厚厚的一沓脑电图和脑磁图。艾轲抬起头来,望着实验室里的那台经颅直流电刺激器,还有那个配有电极的头盔。

"我就实说吧……你走之后,她得了严重的抑郁症,甚至抑郁到要跳楼。记得那次我陪她去看你吗?你刚进去不久。关于这个病,她对你只字未提。一夜又一夜的失眠,真是生不如死!她的精神已是濒临崩溃了。你也知道,她是我的好姐妹,用现今的流行说法,就是'闺密'了。这种感情在你走后变得更真实,那时我的想法是,对她好就是对你好。我必须用心照顾她!……我试着用这种方式助她睡眠,而且确实是有效。当然这也还是你的技术,我只是做了些改进,从计算神经科学的角度……"

"那么……感谢你!很多事我都不知道……"

"有些事也不必全知道,不知道或许更好……"

艾轲尽力使自己的情绪恢复平静。似乎是有好多个问号,但他一时说不清。他需要时间好好理理。他不想让顾濛看出自己的状态。他竭力摆脱这混乱的思绪。片刻之后,他将话题转回到技术层面上。

"何总说云芯的几款'陪护者'就要出厂了,直接在客户家里实测,这很好。不过,真不知这些定制的客户会做何反应……"

"这终究还只是弱智能,虽然比那些搬箱子写新闻稿的机器人更高级,但也还只是功能性的AI,沃森的索菲娅也都一样,索菲娅口才已是很了得了,语出惊人,但那些提问也都是预先编程。"

"索菲娅的表情确实是很棒……真希望何总也能做出来,这两年出了不少黑科技,新材料方面该是有些新东西吧?""新材料也不少,何总也是及时跟进,他为Alpha系列订购的皮肤就有最新细胞膜技术,很柔软,手感极好!不过在我看来,外表其实不是最重要,重要的是内心……Alpha更多还是要靠你的传感设计……"

"当然,这个必须跟上。索菲娅能借助视觉识别观察别人的表情,并做出合适的响应,这个我也能做到,这样的微型摄像头也有,我可以拿Alpha-3试一下。问题是,索菲娅也好,阿法狗也好,看起来都很牛了,但从专业角度看,如你所言,它们都还只是弱智能。阿法狗只是多台电脑在运算,没有自身的思考,就不是强智能。近来我一直在想,我们有无可能找到一个小小的切入口,一个突破口……"

"我们?"顾濛感到很诧异,她静待艾轲接着说。

"美国军方已开始实验在人脑中植入芯片,他们期望以此治疗创伤性应激障碍。以色列人也尝试将电极植入患者大脑，用于治疗急性躁郁症。当然，这有个伦理争议问题，这也只是特殊性质的实验。"艾轲拿起实验台上的头盔，以手抚摸着内侧的电极和线圈，"更多实验还是非植入性的头盔装置。不管怎么说，咱们这个脑刺激也算是向强智能迈出一小步了，这也许就是那个小小的切入口……"

"从目前的类脑智能角度看，脉冲神经网络可以处理时序问题，自然神经网络能实现测向逆向连接，这都是DNN[1]目前难以解决的。"

"DNN是大兵团作战，咱们只是单打独斗……"

"同意！在脉冲神经网络这一路，咱们的脑电刺激算是个小切入口……"

"我感兴趣的是你的编程思路……程序再复杂也还只是程序，智能不等于意识。即便是DNN，也未必有把握完全实现。一种悲观的说法是，机器人不可能有自主意识，不可能有人类这样的感知，至少这三五十年内没希望，也许永远不会有。"

"科幻小说可是早有了！智能不等于心智，他们却不管这些，仅有一个概念，就狂编一气了。意识植入，记忆删除，诸如此类，好莱坞电影也都有了欸。那些'太空

---

1 DNN：指深度神经网络算法，是近几年在工业界和学术界新兴的一个机器学习领域的流行话题。DNN算法成功地将以往的识别率提高了一个显著的档次。

歌剧',斯皮尔伯格的 *E.T.*,寻找外星人……可是桑德伯格最近发布研究成果了:人类可能是宇宙中唯一的智能生物。"

"可是马斯克的最新说法是,人类极有可能生活在更高文明模拟的矩阵游戏中。其实这话早有人说过了,可信吗?"艾轲对顾濛的话有些不以为然,"桑德伯格也只是模型研究吧?"

"只能如此欸,只要找到一次智慧生命,就可以解决费米悖论!他们是一个小组,是在生命起源路径上加入化学和遗传转变的模型。当然,他们发布这个成果,也只是有这样一种可能。这并不意味着外星人绝对不存在,也许只是我们暂未发现。他们也许只是处于'冬眠'状态,桑德伯格称之为'夏蛰'。"顾濛说着便咯咯笑起来,"桑德伯格绝对是个天才!像是19世纪的科学怪人,但人看起来却很nice!真逗!他说外星人'冬眠',他自己也想冷冻!他出门时脖子上总是挂着一块圆牌,上面写着:现在立即致电求助。静脉注射50000U肝素。冰块冷冻。pH值保持7.5。不涂防腐剂。不进行解剖。"

"噢……很nice……桑德伯格是牛津那位吗?"

"没错,人类未来研究所的,他也是计算神经科学专业,也算是我的学长。他那块圆牌的指示是,万一人们发现他死了,就应立即把他冷冻起来,送到美国亚利桑那州的人体冷冻舱,他已预付相关费用。他说按照目前的趋势，待未来技术成熟时，醒来的机会有20%。每月也才支付二三十美元，与永生的收益相比，这个投资很合算。……安德斯最感兴趣的是'人脑上传'，用他的话说是'人脑仿真技术'。有一次我请他吃中餐，他又在大谈人脑复制的设想，他是想通过技术手段将人脑的内容、结构和信号转到电脑芯片上，他说这是'转移文档'！我只顾听他带着瑞典口音的神侃，不小心就被面条呛到了，安德斯便大笑说：你看到了吧？你需要一个备份！任何人都需要，不然恰好被面条呛死了，这条人命该多可惜！"

顾濛开心地笑起来，艾轲却没笑。

"安德斯，安德斯……和安德斯一起吃面条，和19世纪的天才一起吃面条……"

顾濛明白艾轲为何不笑了，她便止住笑声，心里便有一丝快意。

"也还是21世纪的肤浅，有点招摇……19世纪的天才未必会在脖子上挂招牌！谷歌工程总监库兹韦尔也是超人主义者，他认为'人脑上传'技术2045年会实现，据说为使自己确保活到这一天，他每天吞吃两百多种药片和补品，并定期静脉注射其他营养品。可这只是他本人的乐观猜想，主流科学家并不看好。因此你的安德斯学长才相对保守些，他选择了死后冷冻，这个或许更靠谱……"

"想想也是欸……"

"虽说只是猜想，目前也只是科幻，只是一个大目标,可也还是值得做。"艾轲的神情仍是很严肃,"美国人已经尝试扫描大脑神经系统了,无创型扫描,高分辨率、高速宽带的磁共振成像技术,由此便可扫描直径仅有十微米的神经纤维,由此便可探明人脑的信息处理过程……"

"理论上是可行的,先扫描你的大脑,再经数据转换,你就被存到我的神经计算机里了,也就是说,我的私人电脑里有一个小小的你,你在我的电脑里被重造……"

顾濛的神情有些诡异,艾轲却有意忽略这个第二人称的特殊意味,他的思路似乎只专注在技术层面上:"下载和植入,两个方向都会改变人,这都离不开神经突触的传感连接,需要有这样的端口。"

"这是必需的路径,人脑约有一千亿个神经元,每个神经元及周边细胞之间又有上千个连接,可问题还在这里,即便我们能够实现这种完美连接——这恐怕也要借助于未来的量子计算。问题是,即便我们真能完美实现人脑芯片的植入,我们植入的知识就能说是人类自身的意识吗?假如我为你植入的是我的记忆和情感……正如我们装入机器的程序芯片,即便这是强智能,即便机器确实是在'思考',怕也很难说这是机器人的自我意识吧?阿法狗在围棋上打败人类,那也只是更复杂的编程,更强的计算力,一切都只是程序在运行。阿法狗——它的小弟弟阿法元更厉害,阿法元又打败了阿法狗,但它们并没有自我意识……"

"只有机器通过图灵测试,人们才会相信它有意识。……这也许只是人类的偏见,图灵测试也只是人类中心主义,因为是要机器通过人的考试。鲸鱼和大象的大脑比人类大脑体积更大,它们也有自己的智能行为,但它们能通过图灵测试吗?它们不懂人类的语言,它们也没有手指,它们不会敲键盘!可是我们也听不懂鲸鱼的音乐!因此我们就很难说,人类比鲸鱼情感更丰富。我们也就很难妄断,很难说未来更高级的阿法狗们也注定不会有自我意识。这也看我们如何理解'意识'这个概念……这是一个哲学问题,从柏拉图就开始探索了。"

"即便你说鲸鱼有意识,机器也还是不一样。"顾濛试图反驳,"机器可是人造的欤。"

"暂停争论吧,不说柏拉图了,这是哲学家的事。我们说要机器'学以成人',但机器并不是简单地模仿人类,它是要超越。因此刚才说到这个海量的计算,我倒是有种乐观的预感,或许我们不必模拟大脑的每一个细节,因为我们只是仿生即可。飞机能飞,但它并不是像鸟一样扇动翅膀。一千亿个神经元,百分百的模拟很难做到,那么,谷歌大脑那位吴恩达,这你知道,后来他也是百度美国硅谷的首席科学家,他有了一个'迁移学习'的想法,Transfer Learning,就是把大数据得到的模型用于小数据环境。人类具有迁移学习的能力。学会一门外语,再学第二门外语就比较容易。人类具有这种能力,机器也可以有。这是后话,咱们还是回到这个Alpha-3吧!"艾轲望着面前的这个女体机器人,"那么,这个Alpha-3又能做什么?"

"也难说有特别的思路,只是想试试看,看能否向强智能再迈出一步……想想那些小猫,猫耳朵随情绪变化而摆动,像是灵敏的小雷达,猫尾巴也会随情绪变化而摇动。那么,作为生物传感技术,Unicorn技术目前解决的是脑电传感,假如我们在程序设计中输入更多人体情绪数据,将脑波芯片变成更复杂的情绪芯片,使机器人变得更像真人……"

"哦,真人……"

艾轲下意识地望着LY那本厚厚的病历。

"没有具体的原型人物……"顾濛试图辩解,"是综合多个人……"

"你是说给我听吗?"艾轲的眼神有些咄咄逼人了,"我屋里就有测谎仪,它的精确度你也知道。"

"也许咱们是该散伙了……"顾濛赌气地板起脸,"也罢!也是一种解脱!"

艾轲意识到事态严重,语气便有些缓和:"别生气,我无权干预你的独立研究。事实上,我是想给你更大的支持。"

"好吧,我很期待!玛利亚嬷嬷也说了,人性比程序更复杂……"

一阵凉风袭来,吹动窗口的纱帘。艾轲忽然出神地望着窗口,望着更远处的蔚蓝的海面。此刻他听见一个声音,风中传来的海上的声音,一个飘忽不定的声音,这声音有一种嘹亮的音色,像是某种颤动的歌声,像是某种迷幻的笛音……

顾濛疑惑地望着艾轲。艾轲在侧耳谛听。顾濛听到的只是海浪声,隐约传来的有节奏的海浪声。这并不稀奇,昨天也有,明天还有。她怀疑艾轲是出现了幻听。莫非是在服刑时被打过?莫非是某种后遗症?她不敢问,不敢说。

"有了……"艾轲喃喃自语。

"你听到了什么?"顾濛试探地问。

"鲸鱼的歌声……"

艾轲屏声静息走到窗前,依然在凝神谛听。他的神情中有某种迷离。此时此刻,顾濛想到所有伟大科学家生命中的某个迷狂的时刻,某个顿悟的时刻,某个灵感来临的时刻,就像阿基米德光着身子跳出浴缸的那个时刻。那样的时刻,那些伟大的发现者无不都是带着痴迷的神情,一如此刻的艾轲。

顾濛不敢吭声,任何干扰都会破坏这个灵感来临的时刻。她甚至都不敢有任何动作,不敢直接望向艾轲,她怕自己的目光也是一种干扰。

艾轲从迷狂状态中返回,但还是带着抑制不住的兴奋,他的眼神灼灼闪亮,脸上则是少见的笑容,这样的笑容顾濛想用"灿烂"一词来形容。

"你发现了什么?"顾濛轻声探问。

"临界点!"艾轲直视着顾濛的眼睛,顾濛羞涩地低下头,此刻她是真怕触电。其实艾轲的眼睛不是在放电,而是在放光,与情感无关的放光。"巨大的鲸鱼忽然从海水中跃起,出水的瞬间就是这个临界点!重达数十吨的鲸鱼,它在很深的海水中游动,就像你的海量程序在运行,海量的巨大的程序系统。你看不见这鲸鱼,也看不见这程序。忽然某一个时刻,它奋力一跃!这是一种反常的行为,一种失常的程序,于是我们看到了这神奇的情景,看到了这巨大的能量,听到了这巨大的声音……"

艾轲略作停顿,期待着顾濛的反应。顾濛只是微笑不语,她一时难以领会艾轲的思路,但也若有所悟。艾轲却不再接着说,这种时候,他更乐意在辩论中阐发自己的想法。他只是热切地望着顾濛,顾濛便意识到是该有所反应了。

"临界点,这个说法有意思欸,可是鲸鱼跃出水面是反常行为吗?据我有限的知识,我听说它这种跳跃行为是发生在繁殖期,是雄性为寻找配偶显示自己的力量,若是这样,这就是它的本能,就很难说是反常。"

"是本能,但是我说这个'反常'是个相对的概念,就算是为寻找配偶的这种冲动,也可以视为一种反常行为,因为这不是它的常态。"

"这个说法也算成立,问题是……鲸鱼可以这样冲出海面，有这样一个所谓的'临界点'，它有这样的本能，可是程序不是动物，它没有本能，也就难有这样的'临界点'……"

"我说过'临界点'的产生是有一个前提，这个前提是'失常'，鲸鱼因为本能而失常，人类因压力而失常，譬如说精神崩溃……"

说到这里，艾轲似乎才完全清醒过来。他下意识地朝LY的病历瞥一眼，又强使自己将视线移开。顾濛也强使自己不看那病历，便离开放着病历的工作台，走到那个人脑神经元模型前。

实验室里一片静默，有些难堪的静默。顾濛给艾轲倒了一杯绿茶。

"我明白了……"顾濛恍然大悟，她的美眸也在放光，"为程序设置一个'临界点'！然后就是错乱、加速、崩溃……然后就是超临界状态，超出程序的动作、行动……"

"也许可以说，这是AI的自主行动，虽然难说这是它的自我意识，但若数据是来自真人，我们也不是没理由用'意识'这个概念……"

"可是这个'意识'带来的是崩溃和混乱……"

"你也可以说是一种变异，一种压力下的突变和爆发，一种失控状态，但也未必尽然，也可以有鲸鱼的欢跳……"

"这个……我再想想看……"顾濛端详着墙边那个人脑神经元模型，"人类大脑中有一种特殊的纺锤体神经元，它和高层次认知处理有关，包括情绪、管理、判断、道德、自我认知等。这类神经元细胞目前只在人类、大猩猩和鲸鱼的大脑里被发现，这是否意味着，鲸鱼也有自我和情绪……"

……

此刻，在这个夏日的午后，艾轲站在海螺居的阳台上望着海景。在他的身后，蓝牙音响正在轻声播放着巴赫的大提琴曲。《d小调第二号组曲》，不再是卡萨尔斯的原版音碟，这是林韵的演奏。《萨拉班德舞曲》，低缓忧伤的旋律。

艾轲忍不住又看手机，美国那边的朋友依然没有回音。也许是自己太心急了，偌大一个美国，找到一个失踪者哪有这么容易！朋友们恐也难以请动联邦调查局，更何况自己所提供的信息并不详细，早上只是急着跟他们联系，现在也不便补发信息。先让他们找找看吧，实在不行，也真得向FBI求助了。

他望着远方那辽阔的洋面，便想到那头名叫Alice的蓝鲸，他盼望能看到鲸鱼跃出海面的奇景，更期待着大洋彼岸传来的回声……

城 堡

鲸鱼的超声波能传到千里之外，而电报使人类第一次能够及时获得千里之外的信息。对于被智能手机掌控的年轻人来说，电报只是一种传说中的存在。他们是移民者的后代，也是数字时代的原住民，他们中的大多数人都未曾见过电报，然而这项业务其实仍然存在着。电报曾经改变了无数人的命运，也曾改变了这些年轻人父辈的命运。在这个幅员辽阔的国度，依然有一些通信不便的偏远山村，手机网络尚未覆盖到那里，村里也只有一台无人值守的座机电话。对于那里的人们来说，电报依然是与外界沟通的必要手段，他们只为最重要的人生大事拍电报，而一封电报就足以改变他们的人生。在这个亚热带南方的夏日黄昏，这个来自边地的女孩就是因一封电报来到了这座城市。女孩怀揣着这封改变命运的电报，而电文依然是二十世纪末的流行语：钱多，人傻，速来。

光怪陆离的街景，蝗虫般蠕动的车流，陌生的芒果树，闪烁的红绿灯，电动轮滑，cosplay怪物，濯足城，斑马线……

女孩走在斑马线上，左侧有一辆无人驾驶的公交车驶来。女孩慌忙止步，朝那公交车望去，她并未看清这是无人驾驶的大巴。公交车自觉让行，女孩便急忙朝前跑，她想快点跑过斑马线，因为公交车是在为她让行。而就在公交车的左侧，一辆黑色轿车正疾驰而来！女孩失声惊叫，小轿车猛然刹车！一只手突然抓住女孩，猛力将她拉住！

一场车祸避免了。在她横过斑马线的时候，因有那辆大块头公交车的遮挡，她并未看见大车左侧疾驰而来的小车，而小车因是与大车平行，驾车者也没看见大车前头横穿马路的女孩。好在女孩被人拉住，但她已经吓傻了。

拉住她的男孩是阿桑。他原本是与女孩同时走上斑马线，女孩忽然跑起来，但是他没跑，他是先朝公交车方向望一眼，果然就见有辆小车正急驶而来。

获救的女孩以眼神向阿桑致谢，这样的眼神比语言更真诚。她是初来乍到，她尚不知该以怎样的城市语言致谢。阿桑有事要赶路，但他记住了这个眼神。美丽村姑的眼神，这眼神中没有任何杂质。

阿桑边走路边回想刚才那惊险的一幕。那其实是一辆测试中的无人驾驶公交车，驾驶座上虽然没人，司机却是坐在一旁，车上也有一些乘客。阿桑有自己的事要办。他要去天鹅堡。天鹅堡建在一座小山上,而今那座山的名字就叫城堡山。天鹅堡是这座城市的顶级豪宅区。那个小区的业主都是有钱人,他们中有很多人是上世纪八十年代末的南下者,他们或是因某封电报而南下,他们抓住一切机会率先成了有钱人。

阿桑到达时天色已晚,雾霭和夜色笼罩着城堡山。阿桑站在通往城堡山的桥头,隔着这样的距离,他只能望见天鹅堡那昂然耸立的轮廓。他的双肩包里有一瓶茅台酒,一条中华烟。此刻他伫立桥头,茫然地仰望着那高远的城堡,他听见了自己的心跳。

作为一枚程序猿,他过的其实是标准的宅男生活。尽管看上去是个阳光帅气的大男孩,其实他是最怵跟人打交道,性情便也有些孤僻。他是虚拟世界的独行侠,而在现实世界中,他的情商却远远不及格。不只是情商欠缺,他的胆量也不够用。已有社会学家用一个"丧"字为他这样的年轻人打标签,阿桑尽管内心抗拒这个说法,但他的行为却是默认。好丧!好衰!为了跟区交通局这位贾科长说上几句话,他已整整跟踪了一天!

这一天本来有好几次机会,但是由于自己的怯懦,他只好从白天的会场跟到贾科长的住处。此刻贾科长的身影早已消失在城堡山的豪宅中,而这个城堡山又是安保严密的高尚小区,看来是更难见到贾科长了。

他为白天失去的机会而懊悔。下午的时候贾科长是在开会，是区交通局的一个推进巡视整改工作的专题会议，会议室并不是很大，与会者不到百人。阿桑本以为这是一个很严肃的会议，他更是不敢贸然打扰，但没想到会场上不时有阵阵笑声传出。会议室的后门开着，不断有人溜出来抽烟或打手机。阿桑便在走廊上晃悠，他从窗口看到那科长确实是在场，贾科长梳着油亮的小分头。那些开会的男人一律穿着白衬衣，白衬衣也都扎在裤腰里。台上讲话的那人口才也确实是好，台下便有阵阵掌声。阿桑虽然是在走廊上晃悠，却也能听到那人的声音。

"为什么世界上会出现'装'？为什么有人感到不装不大好呢？这是一个社会现象。偷是社会现象，装也是社会现象。装的现象现在特别多，在我们党内也特别多。爱装的人，是他母亲生下他来就要他装的？他母亲怀他在肚子里就在观音菩萨面前发誓、许愿，一定要生一个会装的儿子？当然不是，这是社会现象。我们党内历来不允许装！"台上那人得意地提高了嗓门，"这话不是我说的，我没有这样的水平！这是毛泽东主席说的！《毛泽东选集》第三卷！"

哗！台下又是一片掌声。

有人就趁机大声咳嗽，有人喝水有人笑。

阿桑受了这气氛的感染，他那紧张的神经也有所放松了。于是，当贾科长溜出来时，他便悄悄跟到了洗手间门口。

贾科长在撒尿,阿桑不便跟进去,便站在门口等。那天在海滩上,为见那位退休女处长,他是在那块礁石上等待时机,然后是借着酒劲走上前去。此刻他身上没有酒劲,背包里倒是有酒,且是陈年茅台,但那是他欲送给贾科长的礼物。此刻他身上没有酒劲,胆气也就更小了。他也想撒尿,但他绝无勇气与贾科长并排撒。

阿桑瞥见那科长拉上裤链,接着又掏出烟来。果然是中华烟!阿桑心里一阵暗喜,背包里要送的正是中华烟。贾科长抽着烟往外走,就见阿桑毕恭毕敬地站在那里,傻傻地冲他笑。贾科长眉头微皱,阿桑便赶紧开口。

"贾——贾——贾——"

贾科长!阿桑难以连贯地说出这三个字。他看见贾科长的脸色在变,先是戒备地拉着脸,接着便是生气的样子了。贾科长抬手抹了一下小分头。阿桑看不见自己憋红了的脸。突然的口吃。从未有过的情况发生了。

他呆呆地望着贾科长扭着八字步走开,贾科长扭到会议室的后门口抽烟,他在那里与另一个人说笑,也朝这边瞥了一眼,但阿桑是无力走过去了。

此刻他背着高级烟酒站在这桥头,时而望着天鹅湖里那些游荡的天鹅,时而望着雕栏围墙内那些城堡的业主,他们的儿女使他们成了高人一等的城堡人,他们有的在听着二人转遛弯儿,有的坐在休闲椅上抠脚丫子。阿桑木然地望着这一切，想到自己面对的是一座城堡山，他的这种无力感便更加重了。一种深深的绝望感。他只能恨自己。他想到了放弃。

他仰头望着阴沉的天空，天空是一片沉压的黑云。暴雨信号仍是橙色，雨说下就下。中午刚下了一阵子，地上的积水尚未消退，此刻雨又下起来了。路人都撑起了雨伞。阿桑没带伞，便站在马路边一棵碎叶榕下。马路上一汪汪积水反射着灯光，也映出路边高楼破碎的影子。

正在此时，他的手机响了。铃响数声，他才迟疑地接听。

这是顾濛的来电。顾濛来电他会感到欣喜，但此刻的阿桑很丧气，也就难以立时生出快乐的情绪来。顾濛是何等聪明之人，单从阿桑接电话这"喂"的一声，她便感觉到有些不对劲。

"怎么了？有啥事不开心吧？"

"没……没什么……"

"想知道我为何打电话吗？"

"我……猜不出……"

阿桑的语气显然是缺乏热情。

"那好，算了吧。打扰了。"

顾濛立马挂机，阿桑陡然一震，这才忽然醒觉。他犹豫片刻，便又给顾濛打电话。

"对不起，只是刚才遇上点烦心事……没事了……"

"那好,你的传奇我有所耳闻……这么说吧,我是做了一点调研。我希望你的黑客技术真是很了得,我要亲眼见识,我需要你帮个忙诶……"

"那得看我乐意不乐意啊!"

"喂,你小子别卖关子欸。"

"是顾姐您自己的事吗?"

"算是吧,咱们尽快见面谈。"

"那……您看哪天见?"

"哪天?最好就今天!就现在!"

"在哪儿?"

"海螺居,你打车来。"

"好吧。"

阿桑便站在路边打车。因下雨的缘故,路过的出租车都有人。偶尔也有亮着绿灯的空车,但它们都不作停留,也许是已有人预约。他便忍不住地想骂一声。既然有约就不该还亮着绿灯,就不该这样耍弄路边等车的人。他又试图用滴滴叫车,但并无司机应答。他在手机上输入20元调度费,依然无人接单。此地到海边并无方便的公交车,更没有地铁,最好的方式是打车。

他焦急地走向一个路口,这样更有抢到空车的可能。一辆轿车疾驰而过,车轮溅起一片积水,脏兮兮的浊水直扑而来,立时就将他变成了落汤鸡。此刻他连骂人的冲动都没有了,他木然地站在路边,头上身上都在滴水。他尚未来得及退后,就有另一辆轿车飞驰而过,又一片污水更猛烈地向他袭来,这时他的双眼都被糊住了……

海螺居是宁静的,这里没有粗暴的飞车和污水。窗外是昏天黑地的雨幕,室内却飘着轻柔的音乐和咖啡的香气。顾濛在埋头改写Alpha-3的程序,她当然不会想到阿桑此刻的落魄。阿桑是她约请的黑客,也是一个给她留有好印象的黑客:学生气,正常人,无怪癖,内向,纯朴,友善,可信。阿桑的帅气形象在她这里更是加分(有点像是年轻时的马特·达蒙),也改变了她对黑客的成见,其实在此之前她并未近距离地接触过黑客。

艾轲赞同顾濛这个请黑客的主意,具体也由她来实施。艾轲必须全力对付眼前的实验。前期的实验还算顺利,更难的还在后头,艾轲向顾濛说过这情况。Unicorn传感实验只能他自己亲手做,有大量的脑电采样数据要分析,还要最终完成脑电芯片的设计,他担心难以在开庭之前做完这一切,而他只能是全力以赴。顾濛只能提供程序方面的协助,这个工作量相对小些,因此她便偷空进行自己的另一项实验。这是她的秘密。艾轲要进她的实验室也是要敲门的,因此她在工作时便干脆插上门。她说这是自己的工作习惯,她需要绝对的安静,艾轲笑着表示理解。

LY当然就是林韵。林韵戴过那个配有电极的头盔,顾濛曾用实验室里的这台经颅直流电刺激器为她做治疗,大量的生物计量数据都留存在这本厚厚的病历中。呼吸、心律、血压、脉冲、声频、脑波，她有了这样一个足够大的数据集，她已完成对这些人体数据和图谱的分析，并对这些数值做了更为复杂的编程优化设计。

她采用遗传算法和进化算法修改局部程序，为程序增加了更多目标代码，也设置了多个变量和参数，每个可变参数相当于一个特殊基因。这有点类似甲虫机器人的设计：为它设置一种基因，使其在饥饿时变得更勇猛。这种参量可为程序带来某种指数级的加速和放大。

她将全套程序存入芯片，又将芯片植入Alpha-3。

她戴上骨传导耳机，并将Alpha-3本身的音量关闭，这样隔壁的艾轲便不会听到这边的声音，而她自己戴着耳机仍可听到。她仔细地做了最后一遍检查，便轻轻地启动遥控开关。

Alpha-3立时便有了细微的动作，手指在轻轻颤动，胸口在缓缓起伏，面部也在微微抽搐……

像是病人正在床上挣扎和呻吟，而在医生面前她又不得不强忍着身体的疼痛。尽管此时的Alpha-3仍是金属的外表，面部也只是五官的轮廓，但顾濛还是从耳机里听到了来自真人的声音，呼吸声和呻吟声。尽管这些声音的模拟还不够逼真，这是因为顾濛缺少更丰富的素材，缺少林韵的更多的声音素材。

顾濛在遥控器上按下另一个指令，Alpha-3便有更为激烈的动作。她的双臂在挥动,胸口也在更剧烈地起伏,她像是在情绪激动地大声说话。顾濛在耳机里确也听到了更大的声音。

Alpha-3的身体在猛烈地颤抖,似乎是难以忍受地要倒下。顾濛赶紧按下暂停键。她满意地微笑着走上前去,轻轻亲吻Alpha-3的面颊。

这时她的手机忽然响起,见是阿桑的电话,她便让他稍等。阿桑的影像也出现在门禁的屏幕上,他背着双肩包站在别墅大门外,他在用手擦拭头上和身上的雨水。顾濛关闭虹膜识别门禁,便一路小跑去开门。

阿桑就这样再次进入海螺居。前一次他来这里是为逃难,这一次是受邀而来,他却难掩自己的颓丧,显得很不在状态。

顾濛用手机重又开启虹膜识别门禁。看到阿桑浑身淋湿的样子,她眼神便有一丝忧虑。

"看来真是有烦心事欸,都湿透了……"

"也没什么,没事了……"

"喂,看你这状态,我们就更要让你说实话,且要做出评估,我们可没时间玩游戏。"

"我并没说一定会配合你们啊!"

"你会的。你会感到值得做,会有成就感。当然了,报酬也蛮值!"

"我可以试试。"

"我们合作的前提是，行动不留任何痕迹，也不能给系统造成任何破坏。因此，我们需要的是Hacker（黑客），而不是Cracker（骇客）。"

"我不是Cracker。"

"我愿意相信你，但我们开始工作之前，希望你能接受一个小小的测试。"

"能力问题？"

"这是必要的，但也有人品问题。我们需要你说实话，以便迅速建立起一种信任，因为……行动的时间是明晚。"

"违法的事我不做……"

"当然，你不是Cracker。违法的事我们也不做。"

顾濛忽然停步，朝阿桑伸出一只手，阿桑便与她握手。这是礼节性的握手，为了即将开始的合作。

他们穿过院子进入客厅。灯光下，顾濛看到阿桑湿衣上的污泥。

"没掉沟里吧？"

"路边打车给溅的。"

"你先冲个凉。"

阿桑卸下双肩包。顾濛将他带到二楼尽头的淋浴间。

"冲完别穿这身了，我给你找件衣服。"

阿桑进到洗手间后，顾濛便去敲艾轲实验室的门。

"人来了，全身都湿透了，有劳给他找身衣服吧。"

"好，正好我也歇会儿。"

艾轲便朝他的卧室走去。顾濛开门进到自己的实验室，从箱子里拿出一个备用的笔记本电脑，出来时又将门锁带上。这时艾轲也拿着衣服走出卧室，顾濛示意他直接将衣服送到淋浴间。

"测试是必要的。"艾轲低声说。

"不会影响你工作吗？"

"一起做，一次过，这样更省时。"

阿桑穿着艾轲的一身休闲衣走出淋浴间，他们直接将他请进艾轲的实验室。顾濛将阿桑的双肩包也拎进实验室，将它放在门口的一角，她又让阿桑坐在一把带扶手的高靠背皮椅上。阿桑好奇地看着身旁的导线和仪器。

"这是要测谎啊！"阿桑的情绪有些抵触。

"是，也可以说不是。传统的测谎是以提问为主，被测者只需回答'是'或'不是'，咱们却不是这样，咱们是以你说为主，我们提问为辅。"顾濛的神情温和而又严肃。

"你不妨当作是一种分享，跟我们分享你的真实的想法。这是合作的前提。"艾轲补充道。

"你也是在分享我们的技术，你应该这样想。这款测谎仪该是国内最领先的技术了，这是艾总的技术。用不了多久，这项技术就会变成手机上的一个小程序，我跟你说话，我打开手机上的这个功能，就会知道你是不是在撒谎。"

顾濛这话立时就有效果。阿桑朝艾轲望一眼,眼神中便有尊敬的意味了。

"喂,年轻人!要想有出息,就该多一些体验。"

阿桑咧嘴笑笑,神情已变得放松了。

顾濛麻利地用皮带将阿桑的头部和上身固定在皮椅上,又往阿桑身上连上线,这些导线连着心律测试仪、皮电测试仪和脑电扫描仪。阿桑胸前、右腕及左手的两指都被连上了传感器,这些传感器通过导线连接测谎仪主机。顾濛又拿起一个有导线的头盔。这个头盔是强力电磁体,其内侧是塑料线圈。

"还要戴头盔?新鲜……"

"没见过吧?这也是艾总的改进和升级。"

"这主要是测什么?"

"脑电。头皮会有些刺激欸,就当是在给你梳头,你就当是在理发店。"

顾濛轻拍一下阿桑的肩膀,就给他套上头盔,并使头盔的内侧紧贴他的颅骨。

"放松哦,一定要放松!这不是测谎,咱们只是聊天,边聊天边梳头!但你若说谎,机器就会有显示。"

顾濛拉过一张椅子放在阿桑对面,她在椅子上坐下,与阿桑保持适度的距离。与此同时,艾轲在墙边的主机前坐下,他打开显示器开关,屏幕上便出现了多条微颤的曲线。

"就当是在跟我聊天,就当我是一个记者在采访你,但不要当我是美女记者哦!不要有多余的心跳,所以你不必盯着我看,你可以闭上眼睛跟我聊,甚至也不必当我是女记者——当作知心姐姐好了!能做到吧?"

"我尽力配合。"

阿桑轻轻闭上眼睛,身体也摆出舒服放松的姿势。

"OK!开始吧?"顾濛朝艾轲望一眼。

艾轲点点头。顾濛便以平静的语气与阿桑对话——

"今天不是个好日子,看你那一身雨水……说说看,究竟发生了什么?"

"什么都没发生,对于他们来说,一切正常……"

"他们是谁?"

"我找过他们,不只是今天。这些日子,我想找他们做个证,举手之劳……可他们没人管……"

"做证……那天你在这海边找那女人,是为同一件事吧?"

"你是死是活,他们不管。说实在的,我父亲本是有恩于他们,其中有两个人,当初还是我父亲将他们调来的。如今可好,他们一句话都不想多说!"

阿桑忽然有些激动。他睁开眼睛,愤怒地直视前方。艾轲面前的电脑上,几条曲线有明显的波动。这些曲线显示出阿桑情绪的波动,呼吸、心律、血压、脉搏、脑电……

"一个人给单位干了一辈子，任劳任怨，埋头拉车，只靠业务吃饭，因为没靠山，你再优秀也没用……这也没什么，有份稳定的保障就好，可是临到退休办手续了，这才发现原来自己是企业编！"

"哦……原来不是吗？"

"好多年都一直是事业编，父亲是机电工程师，三十多年前他是作为人才调来，而且是组织部调干，事业编制。可是待到退休，才突然发现事业编变成了企业编，才发现二十多年前发生的变动，自己完全蒙在鼓里，完全不知情，不知自己早已被打入另册，早已被划到体制外了……"

"还有这种事……"

"父亲就在公司大楼里上班，人事部的人也是抬头不见低头见，食堂里吃饭也常碰到，但是没人告知他，没人多说一句话……"

"喂，他们不知这是违法么？不是有个什么劳动法么？"

"他们当然明白，起码有个知情权的问题。事情可能更复杂，那些有背景的人，譬如那些官太太们，她们当然不会被改成企业编……"

"毫无疑问，知情权是被侵犯了，而且是恶意侵犯。那个编制也许是被他用了……"

"很可能是这么回事。人事处成了保密处，他们从来不敢公开谁是事业编谁是企业编这样的名单，员工身份成了秘密……他们也可以暗中做手脚，而员工都是老实人，他们相信组织……"

"Oh my god!身份成了秘密！不过倒也不是什么天方夜谭，东北某地搞'厕所革命'，环卫局招几个公厕管理员，结果有数千人报名，其中很多是研究生！还有某地招公厕管理员，明确要求是本科以上学历……因为这是事业编。"

"这些事你都记着？"艾轲的语气略带讥讽。

"过目不忘，也是没办法的事。"顾濛微微一笑。

阿桑却只是深陷在自己的情绪里："没人管！他们说这是工作疏忽，当初应该告知个人，但这是历史问题，肯定改不过来了，因为事业编市里早已冻结了。摊上了，你就自认倒霉吧！"

"可是单位总该想点办法，给些补偿也好……他们单位效益好么？"

"国企，他们的日子永远不会不好过，因为有地皮，随便盖几座大楼就可以享受几十年……"

"单位只是推诿不管？"

"新官不理旧事，都是打官腔。我问人事处——后来改叫'人力资源中心'了，我问那个张主任，当年是她经手这事，你知她说什么？她说谁能看得透啊，当年我们是想为单位省点钱，社保就给他按企业账户缴了，谁知现在退休金差别这么大！形势咱们谁也看不透，就好比这房子的事，要是能看透，早些年多买几套房子，一辈子就不用上班了！你拿知情权说事，她就说，我们也是好意，好事及时告知，不大好的事就不好意思告知。你要再追问，他们就会说你要向前看，将来企事业社保肯定要并轨……可是，像我父亲这种情况，哪还有将来啊……"

"不可以走法律途径吗？"

"法律？我也想到打官司，也有足够的证据了，包括单位领导和人事处的，文字和录音都有，这是事实。这些日子，我找这些人，是希望他们能做个人证，哪怕只是一行字、一句话……可他们袖手旁观。那天在海滩上，看见他们的幸福生活，我忽然明白了一件事，这就是，有的人，他们要自己活得好，但不希望别人也活得好，他们的幸福一定要别人的倒霉来陪衬……说到打官司，我们虽是有理有据，可法院是局级单位，我这被告也是局级单位……"

阿桑沉默不语了，他的神态显得很疲惫。顾濛一时也不知该说什么，她起身给阿桑倒了一杯水。

"总会有希望的，你不可以灰心……"

"不再有希望了……有了这样的打击，父亲感到一生都失败了。六十岁退休便因此而郁闷，六十三岁便生了大病，今年也才六十五岁，刚在医院做了大手术，此刻还躺在医院里……有时候我也想，人家不给解决，那就自己解决。他们单位有个司机,他就不管这一套,他为一点小事受了委屈,便怒气冲冲去找老总,事情便立马解决了。……有时我也很佩服这种人,可我做不出来……"

阿桑的声音有些哽咽,他感到有些难为情,便闭上眼睛。静默片刻,他又开口说话,带着一种故作的爽朗。

"我不该啰唆这事,浪费你们时间了!这事我也想开了,注定没希望的事,就必须想开,必须认命,必须放下,悲剧就悲剧吧!……看看,我也是佛系了!"

阿桑喝了一口水,便闭上眼睛不说话了。然而,他最后的这几句话却是显得很异常,测谎仪显示屏上的几条曲线都出现了剧烈的波动。一直沉默不语的艾轲这时站起身来,他朝阿桑走近几步。

"悲剧……人生刚刚开始,说佛系就佛系了……"艾轲忧虑地望着阿桑,"这不是你的真心话。"

"我就是这样想的。"

"你这就算是在说谎了,可是机器不会说谎。"

阿桑像是条件反射地睁开眼,他怔怔地望着那显示屏,有几条曲线在剧烈地波动。

"既然不甘心,就不能轻言放弃。"

艾轲的语气异常严肃,像是在训话,阿桑不由得坐正了身子。

"钱多钱少都无所谓了,虽然医保有限,但是房子卖了,治疗的钱也还是有……"

"不是钱多钱少的事,这关乎生命尊严。我也现身说法吧!我坐了两年冤狱,是外地一个偏远地方企业和法院——基层法院的个别腐败法官害了我。我可以申请国家赔偿,应有一大笔钱。我需不需要这笔钱?有这笔钱当然是好,没有我也能过下去。可问题是,按照相关规定,这样的国家赔偿要由办错案的地方法院来出,也就是地方财政。地方财政也是穷,尽管县乡政府都有豪华办公楼,那却是一个国家级贫困县,教师工资欠着,孩子赤脚上学。那么这个钱我要还是不要?我跟我的律师说,必须要!是的,这关乎生命的尊严。要回这笔钱,我定会以可靠的形式捐回去,捐献给当地的学校,为那些留守儿童,我是指望那些赤脚上学的孩子能有更好的教育,待他们长大成人之后,假若他们能读大学,假如他们中有人将来成为法官,那么就有可能是有良心的法官,也就不会因为贫穷的原因而害人……"

"哇!敞开心扉了!"顾濛激动地拍起手来。艾轲和阿桑都望着她,因为她鼓掌的动作太夸张。他们看她的眼神有些怪怪的,这使她感到自己像个疯婆娘。意识到这点,她忽然就脸红了。

"权利被侵害,事关公平正义,事关社会生态。"艾轲依然神色严峻地对阿桑说话,"对于你父亲来说,这关乎他的人生意义,不只是一个退休金多少的问题。对于你来说,你若无视这种意义,你若放弃这种努力,那么你作为人子,你生命的价值就很可疑。……这是你的耻辱。"

阿桑痛苦地低下头,他在强忍着某种情绪。当他再次抬起头来时,便有了某种毅然决然的神情。

"明白了,是要讨回这个公道。我不会放弃!社保局有位副处长也住在天鹅堡,他了解这方面的政策,我希望他能给我一个解释,无论如何我要见到他!"

"天鹅堡……城堡山……"顾濛若有所思地踱着步。

"这位副处快要退休了……快要退休了,也许就会有点人味儿,有点同情心,也许就会愿意多说几句话……"

"哦!会有这样一个临界点吗?"顾濛望着艾轲,带着嘲讽的冷笑,"都说如今是坏人变老了,希望他们在退休前的临界状态有点良心发现,只怕难矣,有些人既然他们一生就这样过来,恐怕就难有什么软心肠和热心肠了,他们的心脏神经早已出了问题,心脏动脉硬化也是常见病。这样子。"

"希望还是有……"阿桑讷讷地说。

"忙过这几天,我们也帮你想想办法。对了!听说咱们何总女友是国资委的副处长,他们都快要结婚了……不过,不是一个系统的……"

"系统也都是互通互联的……"艾轲像是在自言自语,忽然便提高了声音。"也有某种生物传感……"

顾濛若有所悟地点着头,转头冲着阿桑说,"而你,年轻人,你在网络系统自由穿行,在现实系统却是处处碰壁,既然系统之间都是有关联……而你的人生尚未展开,你就不可以太分裂!"

"不能太分裂!"艾轲忽然大声说,他的神情也有些激动,别忘了你的名字是梁山!"

顾濛和阿桑都有些惊愕,艾轲却也不再多说什么。

"感谢艾总,我今天学到了很多……我会有所改变……"阿桑真诚地说。

"好!"艾轲又向着顾濛说,"这事也使我想到,这也是一种信息控制。阿桑父亲的身份信息成了秘密,而他本人被剥夺了知情权,那个系统便可以胡来了。是黑箱,也是黑洞。黑洞会使空间扭曲,也会使系统扭曲。我想到的是,未来AI系统再发达,也还是为人所利用,就看是由谁来操控了。"

"机器人必须服从人的命令吗?"顾濛疑惑地问。

"除非它有自我意识,但这种可能性很小。"艾轲望一眼那开着的空调,就走到阳台边推开一扇窗子,让外边的凉风进来,"今天就到这里吧,测试完毕。"

艾轲仍在望着阳台。阳台上有一只小猫,小猫直盯着那个籣杜鹃花盆,像是要在那花盆里睡觉。艾轲推窗的时候,小猫陡然一惊,它弓起身子像是要逃跑,但却并未跑开。艾轲在轻轻向它招手,它的神色便平静下来。

阿桑摘掉头盔。顾濛卸除连在他身上的那些皮带和导线。

"都累了,早点休息。"艾轲轻声说。

"你还要回去吗?这里有客房。"顾濛问阿桑。

"明天我一早再来吧,我得先去医院……"

"也好,向你父亲问好!"

"谢谢艾总!"

"正好坐我的车,我送你去医院。"

"好,谢谢。可是这衣服……"

"很合身啊!"顾濛笑道,"你的衣服怎么穿?明天洗吧。"

"不好意思。"阿桑说完便找他的双肩包,顾濛从门后给他拎过来。

"喂,沉甸甸的,神马宝贝?"

"一瓶茅台酒,一条中华烟。"

"送礼啊!送给谁?"

"交通局的贾科长。"

"你明天来这儿之前要送出吗?"

"未必有时间……未必有机会……"

"他住哪儿?"

"城堡山。"

"明天你先去送也可以,然后再来这里。"

"未必能成……城堡山很大,我也不知他住哪栋楼。"

"你没电话预约?"顾濛不解地问。

阿桑正要解释，艾轲忽然转过身子说："你不知他的住处？你可是Hacker！既然见面这事是如此重要……"

这还真是个问题。顾濛也在期待着阿桑做出解释。

"是这样的……不是不能，我是不想做违法的事，本来以为见个面也不难，就没必要用这个……这个贾科长，今天其实也打过照面了……"

"你没敢说……"

"是，突然就口吃了……"

"刚才说话，你这口才蛮好哦！应激障碍，可怜的大男生，不过是见一个小科长！气血全无，怯懦到家了！你说那个拿菜刀的司机，倒也算是痛快人！"顾濛眉尖微蹙，忽然转到了专业性问题上，"说到这菜刀，我倒是想问，你也使用'中国菜刀'吗？"

"用过，小巧实用，但也只是辅助手段。"

"它的编译方式是……"

"Uincode。"

"嗯，有点意思，看来是有点缘分。Uincode，Unicorn，我们要你侦查的目标是Unicorn。"顾濛满意地笑出声来。

"Uincode只不过是一款控制软件，也还是有局限。"

"这次会用上吗？明天。"

"也还用得着。"

"好啊，菜刀有了，洋葱呢？"

顾濛是在严肃地提问。阿桑下意识地瞥眼那刚卸掉的测谎设备。顾濛眯起眼睛打量着他。

"不必上刑具了。咱们已经建立起信任了,艾总和我站在这里,我们自会有判断。"

艾轲笑道:"这是你们的专业,你来判断。"

"其实对于Hacker技术,我也只是略知皮毛。"顾濛郑重地对阿桑说,"所以才请你来。我们当然会很慎重。……刚才说到哪儿了?"

"洋葱。"

"这个你怎么看?"

"既然是进你们公司的网络,最好是匿名行动,这也是为了保护你们,不留痕迹。洋葱嘛,过时了,我有更好的浏览器,Tor。"

"好像听说过,路上咱们再细谈。艾总没问题我们走了哦。"

"也好,补充一点,请阿桑不必有顾虑,我们也不是做违法的事,只是要借助你的技术手段,找到可能留存未删的核心技术资料,是为打一个跨国官司,是我们被侵权的成果。这对咱们国家也有利。"

"我们只是控制网站,但并不是要破坏网站,而且获取信息也不是为自己谋私利。这个阿桑也是懂的。对吧?"

阿桑肯定地点点头。

"还有就是刚才顾濛那个问题,被我打断了。做事要有效率,要注重细节。明早要见那个什么人,你最好是电话预约一下,免得空耗时间。"

"只怕是很难预约……他的电话我是有,可发了两次信息他不回,我就不好再发了。打了两次电话他不接,我就不好再打了……他们都是这样。不过也许他们确实是忙……"

"不是忙!是坏!"

艾轲的声音把顾濛吓了一跳。阿桑也暗自感到震惊。艾轲的目光咄咄逼人,阿桑只好没话找话。

"所以我就只好硬着头皮,直接去找,那天在这海滩上也是……我会找到他的……"

"你最好找到他老婆!"顾濛忽然冲动地甩出这句话。艾轲和阿桑都愕然地望着她。

顾濛依然在冷笑,阿桑便又窘迫地说话:"所以明天一早看情况吧,也许能在小区大门外撞上,至于进去找,恐怕压根儿就没门,根本就甭想进去……"

"怎么进不去?"

"门卫森严。闲人免进。"

"果真是城堡啊!"

"是,城堡……"

后 门

"只要你等得足够久,敌人的尸体就会从上流漂下来。"当年在美国读书时,艾轲曾在某本英文杂志上读到过这句话,他是觉得这句话很深刻。美国人说这是孔夫子(Confucius)说过的话,那么,这就该是"子曰"的某句话了。然而,后来就有汉学家指出,这句话是一种意译和误译,孔子的原句是:子在川上曰,逝者如斯夫。

然而此刻,在南方的这个海边实验室,在这个看不见河流的地方,在这些缠绕的导线和跳闪的数据中,这句话再次浮现,像是从记忆的湖底冒出的气泡,像是机器运行中的某种提示音。在他的脑际和耳畔,如提示音般挥之不去的还有这样一些关键词:还原,等待,敌人,尸体,漂流……

艾轲正在进行Unicorn脑电传感技术还原实验,尽管已被国外公司侵权，但亡羊补牢，犹未为晚。在这个竞争激烈的时代，一切都可以被快速复制，一旦模仿者快速占领了市场，原创者即便打赢了官司，市场上也只能是认输。2010年，Jawbone推出Jambox蓝牙音箱，《财富》杂志说这是一个全新的消费品类，然而Jawbone并未意识到品类设计的重要性，而其他公司迅速复制了Jambox的外形和功能，在市场上迅速推出同类产品，其结果是，到2015年，Jambox在蓝牙音箱市场的份额仅占5%。

这确实是云芯公司的当务之急。艾轲是顶级芯片专家，Unicorn脑电传感器是他的原创，侵权者却反咬一口起诉云芯公司，因为侵权者正在打开市场，甚至已进入了中国市场。侵权者并非美国公司，是其美国分公司在侵权。艾轲希望自己能尽快完成这个还原实验，也希望顾濛能借助阿桑的黑客技术找到备份的核心资料，若是这样，云芯就有望在这场跨国官司中胜诉。至于市场开拓，这是何适的强项。即使打不赢官司，何适也有意力推Unicorn传感器品类，与侵权者抢市场，至少应将其逼出中国市场。何适有极强的产品意识，他会造概念，也会讲故事，他有能力将品牌产品快速打造成"品类王"。云芯公司在无人机时代之所以能迅速崛起，除了产品技术领先，何适的营销战略尤显神功。"要的是与众不同，而不是比人更好。"这便是何适的"市场哲学"。独角兽公司成长期一般来说是六到十年，云芯确实也到时候了。这是何适的目标。艾轲乐观其成。

对于艾轲来说，这一切其实已不重要。美国那边的朋友已有初步反馈，他们确实查到了林韵的入境记录，纽瓦克机场，而在此之后便杳无踪迹。他们初步查询了机场、火车站、宾馆、医院等系统，但是一无所获，"无影无踪，没有任何数字踪迹"。他们打算向警方报案，也正在联络弗兰克·埃亨的团队。埃亨是美国顶尖的隐私保护专家，曾因成功追踪莫妮卡·莱温斯基而声名大噪，二十年间他曾找出逾万名失踪者。"等待和希望，埃亨团队一定会有办法！！！"美国朋友在信息中用了三个感叹号。等待和希望，人类全部智慧就在这两个词语里。艾轲感谢他们的努力，也提醒他们多留意当地乐团和音乐培训机构，因为林韵是大提琴手。

纽瓦克。纽瓦克自由国际机场（Newark Liberty International Airport）。

一大早他就收到了美国朋友的信息。他带着纽瓦克这个名字潜入水下。

他在深达百米的海水下潜游。他的身体在鱼群、水草和暗礁间游动。他听见了自己的呼吸声。他看见了一片壮美的景色。一条巨大的魔鬼鱼在游弋，这条大鱼酷似美国B2隐形轰炸机的形状。一只巨大的水母，像是一团水中的蘑菇云。自然和时间的造化，这片海底的石林，像是集成电路的模型，也像是一座城市的残骸。灯光照亮一片美丽的珊瑚礁，也照亮一只硕大的鹦鹉螺。鹦鹉螺悠闲地悬浮在水流中，绚丽的触角在水流中飘荡。这海水的深处没有风，这些幽绿的海草却像是在风中飘动。陆地是分离的，海水却是相连的。这一片海水也连着纽瓦克的海水。此刻这片水域没有鲸鱼，他看不见它们的身影，也听不见它们的歌唱，但他确信是有另一种存在，是有某种声波在传递着信息，不是通过那些人工布设的电缆，而是发自生物自身的信息……

顾濛不会潜水，她连游泳都学不会，尽管她有着傲人的身姿和曲线。她当然不屑于在海滩或泳池展示这种女性美，但内心却也羡慕那些游泳健将。然而，她对那些在游泳池逞能的男人并无好感，对于女人她自是更宽容些，她承认女人在泳池展现的是一种美，她认为泳池本该就是女人的领地。

艾轲感谢顾濛的细心，因为就连他自己都没想到潜水这事。顾濛是不希望艾轲辜负了这样的美景，而潜泳本身也是一种放松，高强度的实验室工作需要这种放松。用顾濛的话说，这不只是一种简单的放松，而应是一种"身心的解放"。艾轲感谢顾濛的美意，但他也没忘记何适的提醒。他对顾濛这位台湾岛来的美女依然有戒备。有合作，有提防。

此刻他们都在各自的实验室里。艾轲依然在埋头搞他的Unicorn脑电传感实验。他有一部分幸存的实验资料，但某些关键的步骤、某些采样数据演算还是得靠记忆来还原。顾濛和阿桑在另一个实验室，他们正在密谋晚间的行动。阿桑将在晚些时候进入云芯的计算机系统，要待公司所有人下班之后，这样人们便不易发现系统有异常。此刻他们面对着一台新款笔记本电脑，这是顾濛特地为这次黑客行动所添置的新电脑。阿桑将使用这个笔记本电脑潜入云芯系统，就在顾濛的这个实验室发起攻击。

此刻电脑屏幕上正显示着云芯"陪护者"的实测现场，镜头中是一个与真人酷似的机器人，一个十来岁的小男孩。这是一个"失独家庭"。小男孩正趴在桌上写作业，母亲（一位少妇）走进房间。

"宝宝作业写完了么？"

"明天是星期六！"

"又找理由！你不好好写作业，将来就不会有好工作。"

"好好写作业也没有好工作！老师说了，将来是机器人的天下。"

"老师跟你们说这个？明天我可得问问。那好，明天再写作业吧。先吃饭。"

"妈咪我不用吃饭。"

少妇的神情便有些惆怅。是啊，机器人不用吃饭，不会吃饭……

"妈咪怎么了?累了吗?累了我给你按摩!"

"好哇好哇,宝宝真乖……"妈咪抚摸着儿子柔软的黑发。

"那你躺好吧。"宝宝拉着妈妈的手。

"好乖乖,就在这沙发上。"

顾濛忽然关掉这个页面,屏幕又回到云芯公司主页。

"有意思,有市场!"阿桑不禁赞叹。

"有何改进建议么?"

"外观OK,很逼真了。只是声音……感觉有些假,不像是真人的声音……"

"没错,直击软肋!外观是何总的设计,内芯是我的设计,声音也属内芯的范围。像这种定制,因为缺少足够的素材,也就很难逼真,因为无真可仿,因此就很不自然。"

"要是原型人物素材多,你就能让这声音更逼真?"

"理论上是这样,我也想多做些这方面的实验。"顾濛又拿起鼠标,"跑题了欸!回到今天的正题!"

"正题!这个系统有后门程序吗?"

"应该是有……就看你能否发现……"

"不难。"

顾濛便对着电脑为阿桑讲解云芯系统架构,从人事到产品,从高层到基层,从研发到营销,她着重讲述公司高层人员背景，重点讲述与Unicorn技术相关的部门和员工。阿桑全神贯注地听着她的讲述，间或也有一些提问，他将一些要点写在一张A4打印纸上。这样过了一个多钟头，阿桑便对云芯系统有了较为全面的了解，行动中便可更快速有效地接近目标。

"任何操作都会留下痕迹。"阿桑自信地说。

"这就看你的了！找到这痕迹！"

晚饭时间到了，顾濛建议去那渔村吃，艾轲表示同意。

他们是要去好好吃一顿，晚上就要开始行动了。

晚上九点整。月黑风高，乱云飞渡，渔船在海上颠簸，有夜鸟在暗处鸣叫，海螺居却是一片静寂。顾濛和阿桑静静地望着眼前的电脑，电脑屏保是独角兽在山林中奔跑的动画。

阿桑轻点鼠标，动画消失，屏幕上是平常的界面。

阿桑双击点开IE浏览器，他在地址栏输入一个混杂着数字和字母的奇怪网址，便顺利打开了一个Tor网站。这是一个网址时常变动的隐匿服务网站，阿桑以这样的匿名地址上网，便不会留下自己的IP踪迹。他很快便搜到云芯内网的网址。顾濛输入云芯内网密码。阿桑进入云芯系统。

顾濛悄悄退后，静静地坐在沙发上。今晚行动的主角是阿桑，顾濛此刻顶多算是个配角，她给自己的定位是"服务员"。她恐自己在场给阿桑带来干扰，阿桑却说他不会受影响，他倒是希望顾濛在场，因为在某些关键节点他可及时询问。

阿桑植入一个"wedshell"木马程序，又将"中国菜刀"与服务器相连接，便一连突破好几个访问权限，并以"管理员"身份锁定和控制了服务器。他以黑客软件扫描服务器，五分钟后便发现了一个未打补丁的漏洞。他轻轻舒了口气，轻轻转动一下座椅，顾濛便及时地送上一杯热咖啡。阿桑又以"unicorn"为关键词快速读取网站数据，五分钟后他便发现了一个"后门"。

"后门"是一种绕过安全性控制而获取系统访问权的程序。阿桑发现的是一个隐蔽性很高的"后门"，系统"防火墙"很难对其进行有效的警告和拦截。这是一种典型的"线程插入后门"，这种"后门"的查杀难度极大，它不仅绕过系统已有的安全设置，而且还能挫败系统中各种增强的安全设置。阿桑将火力集中在这个"后门"上。五分钟后他便发现了留在"后门"的痕迹，唯一的痕迹。

Tif格式下载。一张图片下载的痕迹。

米勒的《拾穗者》。

唯一的痕迹。

阿桑的座椅180度转向，然后他就直视着顾濛。顾濛眯起眼睛打量着他，不知他要说什么。

顾濛走上前去，怔怔地望着电脑屏幕。屏幕上不再有那些令人眼花缭乱的数字，不再有那些令人心跳的提示符，此刻屏幕上只有一幅油画。

"说吧，别跟我卖关子欸。"顾濛以平静的语气掩饰着内心的紧张。

"是人家在跟我卖关子！"阿桑得意地笑笑，又拿过那张A4打印纸。

"那次黑客事件是两年前的9月？"

"9月9日。"

"这就对了……就在那前三天，有人从'后门'下载了一张图片。"

顾濛又望着电脑屏幕上的油画。

"可……这只是一张图片……"

"这是服务器上唯一的下载痕迹。听说有一种'隐写术'，可将文件代码隐藏在另一个文件里，比如说一个数码图片文件……"

顾濛恍然大悟，于是边想边说："这可以做到……先把服务器上的文件加密，再将机密文件隐藏在数码图片代码中，然后下载图片……"

"即便被发现，他可以说，我只是下载了一张图片。"

"那么……"这一刻顾濛内心的紧张难以掩饰了，她的声音也有些颤抖，"那么……他……他是谁？"

阿桑拿起那张A4打印纸,那上面有他速记的一些关键词,也有云芯管理层的公司内网用户名,他在用户名列表的第一个名字上画了一个圈。

——董事长何适!

顾濛当然是期盼这次黑客行动有所斩获,阿桑确也不负所望,但当真正的结果(顾濛所要的真相)呈现在眼前时,顾濛还是感到了异常震惊。

她木然地望着屏幕上的《拾穗者》:秋日的橘黄色田野,三个穿着粗布衣裙的农妇,她们弯着腰在别人收割完的田地里捡麦穗,远处是小山似的麦垛、粮仓和马车……

顾濛在英国留学时曾有个法国男友,他们曾一起参观巴黎的奥塞美术馆,她在那里见过《拾穗者》的原作。彼时她那位前男友正在攻读尼斯大学的DBA(工商管理博士),他们在米勒的这幅名作前驻足,男友便向她讲解,拾穗者在当时的法国农村很常见,那些地主也允许穷人捡拾地里的麦穗,因为拾穗是穷人的权利,因为很久以前摩西在制定律法时,考虑到有些人会挨饿,便规定收割后掉在地上的麦穗要让穷人去捡拾。这是上帝赐予他们的权利。

阿桑困惑地望着顾濛,他不知顾濛为何要对着这幅画出神,因为眼下是大战告捷,他们应该讨论技术问题才是。何适是仿生机器人材料专家,云芯内网中也有大量的AI图形设计资料,这张图片本身不足为奇,令人惊奇之处在于,这是"唯一的痕迹"。

大战告捷。顾濛这一刻的神游,其实是对自己的奖赏。她的预感得到了验证。她在享受这一刻的宁静,安静而又庄重,一如面前油画上的色调。

"难道这幅画还有什么暗示?这画面本身?"阿桑不识趣地问话,顾濛微微摇头作答。阿桑忽又大声说:"'拾穗者',何适,都有这个shi音!不过我不认为这有什么意义。"

"喔,这该没什么意义,你想多了,过度阐释欤……不过也难说,难说他选这幅画时就没这样的考虑……也许他小时候捡过别人地里的麦穗,也许这画上的三位农妇使他想到了自己的祖母、母亲和姐姐,听说他小时候很苦,经常挨饿……"

"我长这么大,都还没见过真正的麦穗……"阿桑有些尴尬地挠挠头,便也认真地看那画面。

"你是该看看,也许可以说,这也不是与你无关……"

阿桑惊讶地瞪大了眼睛。

"与我也不无关系……这幅画使我想起了一个人,当时……那人在法国尼斯大学读DBA,作为世界著名商学院的高才生,那人给了我经济学的启蒙,起因就是这幅画!"

"那人……这个说法有些别扭啊!我猜该是男生吧……"

"这是题外话,我可以拒绝回答。"顾濛莞尔一笑,"Ta跟我说,在《圣经》故事中,路得在丈夫去世后,认为不能丢下自己的婆婆,于是她们一起回到伯利恒。当时的伯利恒正是秋天的收获季节,因为没有钱,路得便以拾穗为生养活婆婆。……一点麦穗,在富人手中也许只是多了一个面包,但对穷人来说也许就是一条命。从经济学角度来说,摩西以神谕的方式制定的这条律法,对整个民族来说就是资源最优化。如果没有这条律法,路得可能就无法活命……"

"也不知是男他还是女她……好吧,不问了。你说这幅画也与我有关……"

"自己活,也要让别人活。人世间是该有这样的律法,可是你遇到的那些人,他们要自己活得好,但不希望别人也活得好,他们的幸福一定需要别人的倒霉来陪衬。他们有麦垛和谷仓,却宁愿让那些麦穗、那些他们弃之不要的麦穗烂在地里……"

阿桑痛苦地垂下头。顾濛按下工作台上的对讲按钮。

"有了!艾总赶紧过来吧!"

顾濛将实验室的门打开。她以异样的眼神等待着艾轲的出现,等待着他的反应。

艾轲出现在门口。顾濛负手而立,眼神中有一种自信和坦然。

"真相只有一个。"她微微扬起下巴,示意阿桑做解释。

艾轲望着电脑屏幕上的图片。

阿桑递上那张A4打印纸。

纸上有那个被圈起的名字：何适。

阳台上

对于艾轲来说，这注定又是一个不眠之夜。真相只有一个，这是他不愿面对的真相。

阿桑的确是黑客高手，顾濛的思路也是很正确。阿桑神不知鬼不觉地进入云芯系统，而云芯公司的人谁都没发觉有异常。他只是暂时"劫持"了系统，但并未搞破坏。事了拂衣去，深藏身与名。来去无踪，不曾惊动任何人。阿桑就这样发现了何适窃密的证据。

假若unicorn文件确实是隐藏在那张数码图片里，这就意味着文件有备份，也许何适是将其转到了邮箱或U盘里。既然如此，对于这个跨国官司，这个文件就是足够的原创证据了，也就无须他再做这番技术还原实验了。然而，即便是找到，事到如今这还有何意义？是为云芯公司的利益吗？

艾轲着实是在经受着一场崩溃。两年前含冤入狱，那也只是被合作方陷害，那番打击并未带来精神上的崩溃，而今何适的行为却使艾轲支撑不住了。假若何适是以这种方式私藏了unicorn文件，而明里又要艾轲全力以赴还原这项技术，这就意味着，何适有更为险恶的居心。他是艾轲最信任的合伙人和继任者，艾轲甚至将他视为手足。何适的行为无疑是一种背叛。这个真相令艾轲感到了自己的难堪，他难以想象自己是这样的天真和愚蠢……

"Unicorn为何没及时申请专利？他说是因为你出事，一切都乱了套，一时没顾上，可紧接着就泄密了……这理由成立么？申请专利的事，当时我也有提醒过他！"

当局者迷，旁观者清，而今顾濛就是这旁观者。她不只是旁观者，也是预言者。这次行动给了她更多的自信，她也认为自己有了更大的话语权。于是，面对艾轲，她也不惮于说出更可怕的预言了。

"友谊迷住了你的眼，你重情重义是美德，但若你为失去这友谊而痛苦，这便是你的愚蠢了，愚不可及！因为这友谊从来就不存在！不要说他是背叛你——没有友谊，何来背叛！他只不过是利用你！他是利用了你的轻信，幼稚园的天真哦……"

顾濛从未用这样的语气跟艾轲说过话，如此直率犀利，如此不留情面。何适曾警告艾轲说要提防这个顾濛，而今情势却走向了反面。此时此刻，艾轲已完全消除了对顾濛的戒备，而他内心就只有自责了。

"话说到这分上,咱们就面对更可怕的真相吧!你这个冤狱表面上看来是那些外地人一手陷害,但是有没有何适里应外合的可能?既然他在Unicorn文件上是监守自盗,那么,两年前公司内网遭袭是咋回事?林韵泄密的传闻又是咋回事?林韵被诬陷,被绑架,然后又消失,这一切的幕后有没有他何适的黑手?"

顾濛的目光咄咄逼人,艾轲已是无力辩驳。他只是以手掩面,强迫自己陷入一种麻木状态中。他心乱如麻。他感到自己的血液正在快速凝结,正在凝结成坚硬的冰块。

"你这是猜测……"

"很多的套路你不懂。还是胡先生那句话,大胆假设,小心求证。"

"可这……这究竟是为了什么?"

"为什么?因为你家境比他好,因为你起点比他高,因为你是见过钱的人,你没有饿着肚子拾麦穗的经历,你的人生没有经历过他的那些屈辱……你没有扭曲,而他是出于本能的嫉妒,本能的欲望,利用一切机会,无底线地贪婪……在这座光鲜靓丽的城市,你随处可见这样的一些人……还有,嫉妒的另一个原因是,你比他帅,不是一个档次欸……"

"时代在往前走,我看来真是落伍了……我原以为每个人都应该有自己的尊严,每一个生命都该受到尊重……"

"现实的残酷就在于，人心的确是变坏了。你看咱们这位黑客一家的遭遇，不得不忍受啊，这肯定是一种压迫。有人占有一切资源，而他们的逻辑很简单：我自己活，但你们最好别活。我走过这里，我身后寸草不生！"

"你这外人好像比我还看得透，世道也真是变得好快，两年前好像还没这样……"

"也差不多，只是你迟钝罢了。这个世界很大，什么样的人都有。何适这类人的出现，肯定也不是什么基因突变欤。"

"记得牛顿有句话：我能精确计算出天体运行轨迹，但却难以计算出人性的疯狂。"

"有一种人性叫残忍！也算是生态问题吧。我也见过有些人，名牌大学教授，手里有权的院长，那真是道貌岸然，内心却是很龌龊，很鸡贼的……"

"可怕……真是可怕……"

万籁俱寂，唯有远处传来的涨潮声。夜风从海上吹来，也吹动那些破布似的云片。那轮残缺的月亮离得更远了，像是夜空中一块孤悬的岩石，它随时就会沉入那片乌云，随时就会沉入那片海水。

夜空中有稀疏的星星，这些微弱的星光来自遥远的时空。桑德伯格的模型显然无法包揽所有的星系。他只是坐在地球上说话，地球只不过是一个围绕太阳旋转的渺小星体,太阳也只是一千亿个太阳中的一个,而银河系也只不过是一千亿个星系中的一个。人类是宇宙中唯一的智能生物吗?桑德伯格只是推论,只是猜测。他说外星人可能只是在"冬眠",因为我们看不见,可他并未否定另一种可能的存在……

阳台上的艾轲不再想象那个桑德伯格的样子,某一个时刻,他只是静静地凝望着北方的夜空。然而在这样的夜晚,他是难以用肉眼看见仙女座星云的,就连一个模糊的斑点也望不见。河外星系的仙女座,北半球肉眼可见的最亮的星座,距地球最近的大星系。这最近的距离也有220万光年,也就是说,即便此刻他肉眼能看见,他看见的也只是220万光年前的仙女座。林韵是仙女座。艾轲是飞马座。这两个星座是近邻。每到秋季的夜晚,飞马座和仙女座就会构成一个醒目的四边形,那是北天区最明亮的星群。

他坐在阳台一角的餐椅上。他的身体木然不动。那只小猫静卧在花盆里,它的身下是松软的细土和树叶,它从花盆的边沿默默地望着艾轲。此刻的艾轲只是凝望着夜空,望着夜空中一个移动的亮点,那是一架夜航班机。他想象着两年前那女子在夜幕中出走的样子,这究竟是怎样的隐情,怎样的悲伤和惨变?一个巨大的谜团。就这样匆忙出走,飞向另一个国度,另一种人生……此刻他望着北方的夜空,望着更辽远的夜幕深处。秋天的时候就能看见美丽的仙女座了，还能看到那个明亮的四边形。此刻他只能这样想。他的手里拿着一根雪茄。他已有多年不吸烟了，他原本就没多大烟瘾，而此时此刻，他终于忍不住要抽上一口了。他把玩着这支古巴雪茄，并不急于点燃。这支雪茄是顾濛离开时给他留下的，她还给他留下了一瓶安眠药。她特别叮嘱他一定要睡好，能睡三五个小时也好，这是为了明天的行动。此刻已是午夜时分，艾轲依然没有睡意。他擦燃火柴（高级酒店客房特供的那种长杆火柴），点燃了手上的雪茄。

烟气缓缓弥散开来，他在这烟雾缭绕的阳台上想起了那个梦。蜘蛛网，黑暗的管道，一只橘黄色小猫在奔逃，一个人在冲他哭叫，那哭叫者分明就是何适！像是在忏悔和哀求，像是在请求他的宽恕，也像是在向他求救。那个绝望的何适要跳楼了，而他（此刻手拿雪茄的艾轲）只是漠然地望着远处的一只小猫。此刻只要他有所表示，只要他一伸手就能拉住那个跳楼者，而那跳楼者也许是在做戏，尽管他是陷入了真正的危机，除了业已显示的真相，除了他对朋友的卑劣陷害，他也面临更大的绝望，这是他在这场哭诉和哀求中所透露的信息，也许他是暗中挪用了公司巨款玩金融，而投机失败令他身陷绝境……而此时此刻，艾轲只是漠然地望着远处，他的内心已成冷硬的冰块，他不会再次愚蠢地伸出自己的手，他不想弄脏了自己的这只手，他的视线不为眼前这皮影戏似的烂人所阻碍，他只是温柔地望着那只受伤的小橘猫……

爱所有人,信任少数人,不负任何人。

凌晨时分,艾轲借助一片安眠药入睡了。美国那边的朋友已向纽瓦克警方报案,也将与埃亨团队约见。他必须好好睡一觉,因为下午他要为晚上的行动做准备,而晚上的行动需要他有好的精神状态,也要有好的体力。

这是他与顾濛商定的行动。

艾轲凌晨入睡的时候,顾濛开着自己的跑车出门了。前一夜她照例没有留在海螺居睡,她开车带阿桑回城。她在一个24小时服务的自助柜员机前停车,便跟阿桑要账号。她想给阿桑的银行卡打进五万块钱,这是离开别墅前艾轲的委托,这五万块钱来自艾轲的那张银行卡。阿桑拒不接受这么多,他说有两万块就足够意思了。顾濛对阿桑说,艾轲是有大格局的人。是一个心思单纯的技术狂人,也是一个不怎么在乎钱的人。她说艾轲的曾祖父出身名门望族,可以说是含着金勺出生的,当年曾是清华大学高才生,日本入侵中国后他毅然加入中国航校,后来在一次空战中与日本飞机同归于尽。艾轲的祖父是遗腹子,曾祖母在曾祖父牺牲后曾在北京二环内买下一个四合院,那院子却在"文革"时被收走。若按如今的房价,至少能值一个亿了。因有这样的背景,艾轲便有了自己的金钱观。顾濛又对阿桑说,家人住院肯定很需要钱,而且这是艾总的吩咐,她必须执行。顾濛说作为酬劳,这八万块钱远远不够,若是病人治疗有更多的需求,一定要跟她说。阿桑感谢艾总和顾濛,不仅是因为这笔酬劳,更是因为他们使他恢复了斗志。他对艾轲实验室的测谎仪也很感兴趣,他已有亲身体验,他说也许将来他会借用一下。既然有如此之高的精准度,那么,那些撒谎者,那些胆敢做伪证的家伙,他们是该有所忌惮了。无论如何,阿桑是不会轻言放弃了。

"这就好,可别急着进佛系。今天你这番表演好酷欸!"

"表演?"

"像是《极乐空间》里的马特·达蒙,小人物入侵那个系统,进入精英们的城堡!这电影你看过么?"

阿桑摇摇头。

"没人说你像马特·达蒙么?"

"达蒙并不是美男子……国内流行花样男了……"

"伪娘欸!达蒙当然不是男花瓶,但他也是帅哥!很cool的!不过我更喜爱《心灵捕手》里的达蒙,更年轻,更纯真,更诗意。生活不能没有诗意,当然我不是说那种做作的朗诵式表演,不是朗读亭那种,我是说一个人内心的诗意,譬如艾总那样……"

"看来……你是想找个艾总那样的……"

"哦,你有什么疑问么?"

"艾总有些高深莫测……"

"的确是……他心有所属,的确是深不可测,而且他还爱潜水。说到艾总,我倒是想说,他是个榜样!男人嘛,就该有血性!"

"艾总他有血性吗?我怎么看不出来?"

"血性也是要修炼,不是街头烂仔的逞强。两年冤狱他能忍下来,他没去申诉,他知道在那穷山恶水之地,申诉也是徒劳,这是必要的忍耐,而他竟然还练了拳脚功夫,竟然还在狱中搞科研!外人不明白,可我是感觉到了,就从这几天他的沉默和平静,嗯,这种野性……忍耐,沉默,平静,但不是放弃!不是你们的佛系!年轻人,学着点!"

"年轻人……其实咱们年龄也差不多……"

"喂,说梦话欤!我比你整整大十岁!"

"其实也不是问题……其实也是正好……"

"什么正好?怎么可以这样说?"

"要能经常在一起……"

"哇,你不喜欢小女生啊!"

"哦……基本无感……"

"这就有点麻烦欤……"

"反正我的感觉是这样……"

"别这样看着我……"

顾濛开车穿过一个个街区，她对窗外的街景并无兴趣。那些吊在树上晨练的人，那些送孩子上学的人，那些匆匆走向地铁口的人，那些嵌刻在豪华岩柱上的地铁站名，那些名为书法的丑陋而霸气的大字，这些日常情景毫无新鲜感，她对这样的生活气息没兴趣。她戴着耳机听音乐。《爱无所求》，恩里科·马西亚斯。

晨曦透过云层照耀着江边楼群，石岗大教堂为那些土豪金的高楼大厦所包围，仿佛是一个坠落枯井的礼品盒。当顾濛的跑车正面驶近时，周边那些玻璃幕墙便渐次退出视野，那座大教堂依然迎面矗立在自己有限的空间。清晨的阳光照着教堂的钟楼和外墙的石块，那个玫瑰圆窗也闪动着血色的光辉。

正是晨祷时分，顾濛从那个尖顶拱门进入大堂。空旷的大堂，阳光穿过穹顶花窗照进来，落在那些跪祷的人身上。

神父在祭坛上大声诵经，他那高亢的声音在回响——

"……但圣灵降临在你们身上，你们就必得着能力，并要在耶路撒冷、犹太全地，和撒玛利亚，直到地极，做我的见证。……"

玛利亚嬷嬷并未参加晨祷。顾濛悄悄从大堂侧门走出去。她穿过这个她曾于此起誓的葡萄园，正要跟人打听玛利亚嬷嬷的住处，就蓦然望见了那个熟悉的身影。

葡萄园的入口处，有一片橘红色的霞光，玛利亚嬷嬷的身影出现在那里。

顾濛急忙迎上前去，玛利亚嬷嬷展开双臂。顾濛紧紧地拥抱着玛利亚嬷嬷，玛利亚嬷嬷轻拍着顾濛的后背。顾濛的脸埋在玛利亚嬷嬷的肩头，她抑制不住地流泪了。

片刻之后，玛利亚嬷嬷轻轻推开顾濛的身子，又拉她坐在石凳上。

"知道你是该来了……我看见你的车了。"

顾濛尽力使自己的情绪恢复平静。她们共同守护着一个秘密，而玛利亚嬷嬷即将远去，未来的日子就只有顾濛独自承担了。她已起誓。

"您说待我有了发现就可再来……"

"发现了么？你发现了什么？"

"云芯公司有内鬼，董事长何适就是这内鬼。"

玛利亚嬷嬷微微一笑，顾濛的话并不使她感到诧异。

"这么快就发现了……这也是我欣赏你的一点……"

"他将绝密文件藏在一幅名画里，然后从系统后门下载，又制造混乱企图抹去操作痕迹……"

"这我真是不懂，这些新技术……不是纸质的名画？从电脑里下载？"

"数码图片……您也不必弄明白这个，知道有这么回事即可，总之是利用一幅名画。"

"谁的名画？"

"米勒的《拾穗者》。"

"哦,这我就听懂了。我也喜欢这幅画,几个女人弯着腰拾麦穗……我这腰也要弯了……"

"哪里,您还是腰板笔直,神清气爽。"

"你这小嘴可真甜!"

她们相视一笑。玛利亚嬷嬷的神情又严肃起来。

"根据摩西的律法,穷人是有权利在富人收割后拾麦穗的,没有这条律法,路得就活不下来,也就没有后来的大卫王,也就没有后来的耶稣,他们都是来自路得这一支……"

"我知道。"

"这你也知道?"玛利亚嬷嬷有些讶异。

顾濛肯定地点点头。

"这就好,你熟知摩西律法就好。摩西十诫的后五条……"

"不可杀人;不可奸淫;不可偷盗;不可做假见证陷害人;不可贪恋他人的房屋,也不可贪恋他人的妻子、仆婢、牛驴,并他一切的所有。"

"这几条他可能全占了……"

"也有杀人?"

"林韵要不是自己逃走,也就很难说……"

玛利亚嬷嬷缓缓将手伸进袍袖,从袖中掏出一个U盘。

"这便是我要托付你的。林韵出走前给了我。何适他们录的,林韵逃走时带出来的,当然也是何适故意给她看的,何适自己也会有备存。"

"这里头是什么?"顾濛忽然有些不寒而栗。

"你回头自己看。但是永远不能给艾轲看!你起过誓的,不要辜负我的信任。"

"我会永远遵守誓言。"

玛利亚嬷嬷的神情便有些宽慰。她郑重地将U盘放在顾濛手上,顾濛的手指缓缓握紧这U盘,如此庄重地接受了这托付。

"太阳升起,太阳落下,万物各有自己的归宿……"玛利亚嬷嬷望着那片透过葡萄架的阳光,"下周我就要走了,一时恐也难回来。我想给你介绍一位朋友,有事你也可以找他。"

"他在哪儿?"

"晨祷快结束了,咱们进去等他。"

顾濛便跟着玛利亚嬷嬷走进大堂。晨祷尚未结束,那位神父仍在祭坛上布道。他的声音在回响——

"神要擦去他们一切的眼泪,不再有死亡,也不再有悲哀、哭号和疼痛,因为先前的事都过去了……"

Alpha-3静静地站在海螺居二楼的走廊上,就立在艾轲实验室的门口。这是顾濛的主意,因为有了阿桑昨天的发现,因为有对今晚行动的期望,顾濛认为艾轲暂时没必要继续进行Unicorn设计还原的案头工作了,艾轲确实也没心思继续做了。顾濛建议他转换频道,也让脑子休息一下,因此建议他先更新Alpha-3的传感系统。

顾濛出门前费力地将Alpha-3挪移到走廊上,上午九点半闹铃响后,艾轲将它挪到自己的实验室,便着手对其传感系统进行检测和调试。

Alpha-3传感系统本身就是根据艾轲的最新技术(他在服刑时由何适借探视之机带出的研发成果)而设计的,他已处理过它的触觉系统,现在他要提升其非触觉系统,包括温度、距离、力和转矩、角速度和角度,以及姿态传感等方面,尤其是线速度和线加速度。为使Alpha-3在超临界状态具有某种特别的加速度,他为其安上一个特别的加速器,并使其动作系统与此相匹配。他也顺便提升了传感器读数的准确率。这样折腾了足足三个小时,Alpha-3的传感和传动性能都大有提高。艾轲以遥控器发出指令,Alpha-3便迈步走路了。

尽管动作还是略微有些僵硬,但也算是很协调了。Alpha-3走到顾濛实验室门口。

顾濛实验室门口的红灯亮着,这是不想被打扰的信号。艾轲犹豫地按了门铃。

片刻之后,顾濛才打开一道门缝。Alpha-3的头平顺地转向这道门缝。

Alpha-3此刻是立在门右侧,顾濛并未注意到它。她显得有些紧张和慌乱,面色也有些潮红。

"有事吗?"她冲着艾轲问。

"昨天说……咱们要去买工具……"

"哟,我怕是去不了了……"

"那好,我自己去吧。"

艾轲疑惑地走开几步,又回头望一眼。

"对了,Alpha-3会走路了。"

"好哇!过会儿我看看。"顾濛的声音有些惊喜,但她的身子仍掩在门后,"我本该开车送你,可实在是走不开……"

"没关系,海滩上有出租车。"

"好,速去速回哈!晚上咱们有大事!"

顾濛便又带上门。

她将门反锁上,又拉下百叶窗。她从门禁视频看见艾轲离开别墅的大门,这才坐回到工作台前。她略微定了定神,便又戴上耳机。她放大屏幕上那个缩小的窗口,又继续播放被打断的视频。

屏幕上是林韵被强暴的视频。一个男人将她压在身下,某个房间的大床上。林韵在奋力抵抗,她的脸因愤怒而扭曲,她的双腿仍在挣扎。她想将身上的施暴者掀翻下去……

前方的墙上是一块更大的屏幕,屏幕上跳动着多种颜色的曲线。这块屏幕上下分成两色,下半区是类似海水的蓝色,上半区是一片白色。随着视频中女人的挣扎,这些曲线也在猛烈地跳动,它们不时地突破中间的临界线,在屏幕上方的超临界区形成剧烈的波峰。

顾濛戴着耳机,视频里的声音在猛烈地刺激着她,这是监测仪所放大的声响,心跳、喘息、血流,如狂风暴雨,简直是震耳欲聋。那个强暴者正是何适!顾濛的视线在两个屏幕间快速转换,视频中女人的动作与投影中曲线同步反应,速度与频率,动作与波峰……不只是动作,这些曲线也与她的整个身体反应同步:呼吸、心律、血压、脉冲、声频、脑波……

林韵朝何适的手臂猛咬一口,何适挥手猛击林韵的脸,林韵发出痛哭的惨叫声。何适狠狠地揪住她的长发,又用一只手钳住她的双手,林韵的双脚在猛蹬,何适却是压得更紧,他在更凶狠地使力,林韵更猛烈地挣扎……

这一刻,所有的曲线都冲出水面,在那蓝色的水面之上,它们都在狂乱地蹿跳!超临界状态!

背投音响也发出嘟嘟的鸣声。顾濛紧张地站起来,她举起双手,像是要以手掩面。她的双手在半空僵住了。

床上的女人和墙上的波线。超临界!

这就是崩溃的时刻了。

人和机器的崩溃……

那天与艾轲探讨之后,在得到艾轲关于超临界状态的启示之后,顾濛便为此修改和优化了程序模式。她为

Alpha-3设置了一个阈值。她以设定的最高值区分常态和变态，就如区分人的正常和失常，而临界点便是精神失常（精神分裂）的那一瞬间。这番突破的关键在于，这种超临界状态是程序自然地发生。一旦数据流呈现出某种特别的强度，常态的程序便无法承受，于是便会出现某种崩溃，便会自然而然地跳转为非常态程序。她进而对这种非常态做了加速和放大的编程，一种指数级的加速和放大，而这样的非常态程序与传感系统相连接，机器人便会出现某种超临界状态的反常动作，甚至是加速失控的行动。此刻她有了林韵这个失常案例，这个案例中有大量可以转换的生物计量数据，她只需将这些超临界状态数据转输到程序中。

她打开实验室的门。她试着给Alpha-3发出一个指令，Alpha-3便自己迈步走进实验室。

顾濛留意Alpha-3走动时的关节部位，敏感线位移和角位移传感都很好，动作也有了更大的自由度和灵活性。她又检查Alpha-3的视觉系统，艾轲显然已提升了它的图像识别度。顾濛默想片刻，便埋头修改程序。她在程序中加入了"辨识模式"，这有点类似于人类的直觉反应。

这个女体机器人仍然不会说话，但而今顾濛有了更多的声音素材（来自玛利亚嬷嬷托付给她的这个大容量U盘中的视频），她便有望赋予Alpha-3更逼真更自然的声音了。

然而她并不急于让Alpha-3说话,声音处理需要另一种复杂的程序。此刻她是想试一下Alpha-3的临界反应,就用刚才生成并经她强化的这些程序。这些程序数据来自录像中这个女人的生物计量,一种"暴力指数"。

她将这些情绪标签程序化,并将其输入Alpha-3身上的芯片。这个过程只用了数分钟。

输入完毕,她便轻轻地按下启动键。

Alpha-3立即震动起来。它的全身都在瑟瑟发抖,像是一个发疯的病人在抽搐。它的双腿在费力地摇晃,它的手臂也在劈空挥动。与此同时,它的眼睛在放光,一种强烈的红光!刺眼的强光!

顾濛面露喜色,一为她的程序设计得到了应验,二为Alpha-3有这样的"眼光"。

这显然是艾轲刚给安装上去的,顾濛感到很好奇,便令Alpha-3停止动作。她近前打开Alpha-3的颅脑,仔细查看它的视觉系统,便发现这红光是一种激光。Alpha-3的眼睛实际上就是一种激光红外灯,且用的是单一芯片。Alpha-3的视觉系统远比顾濛想象的更复杂,因为她发现这里头既有一个视觉成像显示器,也暗置有一个微型激光测距制导器。有了这个制导器,Alpha-3便可以视觉锁定目标并引导身体的动作。这个视觉系统中有一个生物传感图像识别装置,这使得它的眼睛既可识别活体,也能感应图像。艾轲是生物传感专家,他已为Alpha-3配置了动态红外识别，但并未为其图像识别预设目标。

顾濛忽然灵机一动，便急忙从电脑里调出一组公司员工的照片。她犹豫片刻，便将几张照片输入Alpha-3的视觉感应系统中。她又将Alpha-3的视觉系统与新设计的超临界反应程序相连接，如此一来，Alpha-3的视觉和身体便有可能实现某种特别的联动。完成这番处理，顾濛很有些兴奋，此刻她很想跟人分享这个成果。

她拉开实验室的门，就见艾轲实验室的门开着。她兴冲冲地跑进去，艾轲却不在。她检查门禁系统，发觉艾轲确是还没回来。顾濛忽然想到，艾轲也许是想以此表示自己没有秘密，他的实验室可以向顾濛开放，他没必要像顾濛那样紧闭着自己实验室的门。想到这里，顾濛不禁微微一笑。

阳台上吹来一股清风，纱帘在轻轻飘动。她来到阳台上看了一眼海景，那是一片风高浪急的景象。她又急匆匆地跑回自己的实验室。

她要给Alpha-3穿装打扮了。趁着艾轲还没回来，趁着这空闲，她想让Alpha-3呈现一种新面貌。

实验室的墙角有那个带标记的箱子，那里头装有仿真专家何适亲自为Alpha-3准备的外装材料。顾濛打开这个箱子，从里边取出大大小小的各式包装袋。

她先为Alpha-3贴上肉色的硅胶皮肤，以此遮蔽身上那些密密麻麻的导线。她又为这女体机器人戴上发套，又用电子动物肌肉修饰她的面部,尤其是眼睛。她为眼睛贴上长长的睫毛。

Alpha-3就这样呈现出酷似真人的相貌:眼睛如秋水般清澈而明亮,而睫毛像是水边幽静的垂柳,她的长发波动着迷人的光泽。

顾濛退后几步,她要检查自己这番工作的完成度。她望着Alpha-3的笑容和眼睛,望着这个女人的面庞和身姿,她被一种梦幻般的气质所吸引。她突然轻声惊叫起来。她瞠目结舌,呆呆地望着面前这个女人。

——这分明就是林韵!

午后时分,艾轲回到海螺居。他拎着一个沉甸甸的灰色旅行箱。顾濛从阳台上远远望见那辆驶近的出租车,便跑到别墅的大门口迎接,像是妻子迎接出差归来的丈夫。

顾濛的神情有些激动,艾轲感到有些好笑。

"这是哪一出啊?关门躲在屋子里多好!"

顾濛听出了艾轲的讥讽之意,便有些娇嗔地说:"人家可是在工作欸!而且是一个人!独自一人!"

"此地无银,不必刻意解释啊!反正别人也无权过问。"

艾轲这样一说,顾濛便愈加发急,便大声说:"天啦!真是越描越黑!看我的工作成果好啦!"

他们走进别墅的客厅。艾轲打开箱子给顾濛看。箱子里是一台小型激光切割机。

"正是这款！"顾濛向艾轲竖起大拇指。

艾轲是芯片专家，买切割机当然也不外行。他又从箱子里拿出两套灰色外装，顾濛便有些疑惑。

"这是新研发的'隐身衣'，新材料，有光敏变色处理，穿上也会更隐蔽些。"

艾轲递给顾濛一套，这"隐身衣"看起来像是很普通的化纤布。顾濛立马试穿。

"哇！蛮合身的！"

"合身就好。"

"喂，好奇怪欸！你怎么知道我的型号？"

"我怎会知道？大致瞎猜呗！"

"不对，一定是个有心人！"

"还有心思开玩笑！就当是件工作服。"

"不解风情欸！这可让我肿么说？"

顾濛给艾轲倒了一杯茶，便急不可耐地诱导艾轲上楼。艾轲跟着到二楼，顾濛一把推开艾轲实验室的门。

——那个女人就站在阳台边。那分明就是林韵！

林韵的露肩红裙，林韵的秀发，林韵的面容，林韵的微笑……尤其是那双美目，如梦如幻的眼神，长长的睫毛之下，那明媚的双眸中有着猫样的温柔……

艾轲呆立在门口，他无力移步近前。

Alpha-3消失了。这就是林韵。

"这就是你的工作成果?这是仿真部门的正常工作吧?"

"我是想向你展示我的成果……当然,这是基于你的思路。不过,这事真不急,你也知道,我这人有时候很谦虚……老师真要检查作业了,我反倒扭捏不安了……"

"也罢,咱们先忙今天的大事吧!成败在此一举!"

"好!先忙正事。"顾濛关上阳台门便往外走。

"插头拔掉吧。"

"插头?"

艾轲指着那个"林韵"。一只蚊子正在她的睫毛上爬动。"林韵"对这样的小飞虫无感觉。

"先插着吧,我刚加了一些程序,系统正在运行,完成后它会自动关闭。"

"也会自动启动,我装了触觉感应。"

"有这自动开关,这就没问题了,不必切断电源。"顾濛又走向那个哑美人,她听见蚊子飞起的嗡嗡声。她轻拍一下"林韵"的肩头,"乖啊!等我们回来。"

艾轲走出实验室,在他关门的时候,还是忍不住回头望一眼。

那女人只是默默地望着阳台外。

现　场

  2018年来这座南方城市谋生的人，他们已很少有人再矫情地把这种行为说成是"寻梦"了，对于众多注定买不起房子的打工者来说，他们只是来"揾食"。除了那些怀揣名牌大学博士文凭的高科技人才，除了那些考进这座城市各个系统的公务员，很多新来者是很难将"骄傲"二字写在脸上了。然而，这里依然是各类"艺术家"的天堂，男"艺术家"们依然像早年间混迹京沪的流浪艺术家那样扎着马尾巴辫子。他们的这副装扮依然很管用，尽管这类装扮如今在京沪等大城市几已绝迹……

  话说在这个夏日的普通的夜晚，在一家名为"小白宫"的夜总会，贾科长看上了鲍小姐。贾科长是交通局的，他的好哥们刁科长是区艺发办的，而鲍小姐便是那天在斑马线上被阿桑救了一命的小姑娘。此刻在这夜总会的KTV豪华包房，浓妆艳抹的鲍小姐就坐在贾科长的大腿上。贾科长刚才看了鲍小姐的肚皮舞（这肚皮舞她才学了一天），他迷上了鲍小姐的肚脐眼。

"别在这儿混了！找几个人跳舞，大把的人！你注册个文化公司，申报公……公益性演出，每月下去表演几次，我！一年给你两百万！"

鲍小姐杏眼圆睁，不敢相信贾科长的话。贾科长像是在说醉话，说话时也连着打嗝。

"贾科不是要包我吧？"

"我包你怎么了？你说个不乐意我……我听听！"

"听，我听……只是不敢信，怕你是喝醉了……"

"我没醉！你们以为我是在开……开玩笑？开玩笑！我跟刁科说说，他们区公益拨款花不完！花不完年底要上缴！"

"艺发办？"鲍小姐其实不知这三个字是啥意思。

"艺术发展基金办。"扎马尾辫的瘦男人赶紧解释。

众人叫好并碰杯。在场的男人中便有何适，另两个男人一个是何适的客户，一个是贾科长的远房亲戚，此人是扎着马尾辫的书画家，那辫子看上去像是一把烂草。何适的大腿上也坐着一位美女。他们在这里唱歌，跳舞，喝酒，哗啦啦地掷骰子。此刻在这KTV包房里，四个怀抱美女的男人都已是醉眼蒙眬。对于贾科长这派头，何适内心其实是瞧不上，因为他何适的女友是市国资委的副处长，级别比贾科长高，权力比贾科长大。

何适是应客户之邀来这里"放松"的,这位客户是贾科长的中学同学,于是便凑成了这样一局。多个朋友多条路,他们是高情商的人精。

"崔大师每年……每年我给他一百万!"

辫子大师便谄笑着向贾科长敬酒。贾科长又猛喝一口洋酒,忽然意识到自己说多了。

"我……我刚才说啥了?"

"没啥没啥!喝酒喝酒!"

贾科长捂住酒杯翻了个白眼,像是忽然意识到自己说多了。

辫子大师见鲍小姐受贾科长器重,便一本正经地直夸这骚货"心明眼亮",心明嘛,是指心理素质过硬。辫子大师咬文嚼字卖弄一番,便主动向鲍小姐赠送自己的书画册。他从对襟唐装里掏出软笔,便问鲍小姐芳名。鲍小姐有些支吾,是因她的名字很土气,她初来乍到尚未起艺名。辫子大师便不再追问,他翻开画册在扉页上写下几个狗刨字:鲍女史雅属。

此刻的何适确实是很放松,他深知市里的各项基金评审都很严格,很规范,很有效,但没想到刁科长这个区竟是这么爽,于是他便想到"科技+文化"的课题,便想到是该跟贾科长更热络些。此刻他想着这样的课题,便浑然不知双塔大厦那边正在发生的事情。此时此刻,在双塔大厦那边,艾轲和顾濛正在实施他们的非常行动。

何适的手机在响,可他根本没听见。音乐太吵,他们嗓门都高。

他们是晚上九点整进入双塔大厦的。他们都穿着深色的"隐身衣"。他们乘电梯直上云芯公司所在的15层。艾轲拎着那个中号旅行箱,顾濛挎着一个灰色Miu Miu水桶包。这旅行箱和水桶包都是不抢眼的浅灰色。顾濛在15层走廊尽头打开智能门禁,他们二人便走进去。

走廊上有个安保机器人。顾濛拿出手机,遥控关闭机器人的报警装置。艾轲留在走廊上等待,顾濛便急匆匆地乘电梯下楼。

她直奔大厦大堂一侧的中央控制室,气喘吁吁地向保安员报案。

"哇!我的宝石项链被盗了!下班时我去48楼办事!价值十几万的宝石,快帮我查查录像!"

这位男保安对顾濛不陌生,他们经常在监控画面中欣赏她的美姿。此刻她披头散发来报案,他便立时打起了精神。

"别急别急,去48楼?项链没戴在身上?"

"没挂脖子上,这个当时是在包里欸!"

顾濛焦急地抖动Miu Miu包。

"几点去的48楼?"保安员说着便在操作台前坐下,他拿起鼠标点开资料系统,"大致时间段记得吧?"

"六点左右，前后不到一个钟。"

保安员刚要调看那个时间段的录像，却又殷勤地站起来想给顾濛倒水。

"莫急莫急，你先坐，我给你倒杯水。"

"不要不要！"顾濛伸手按住保安员的身子，"喝什么水！人都急疯了欸！十几万！"

保安员翻了个白眼笑笑，便直盯着电脑找那段录像。

顾濛并未坐下，她的身子就挡在保安员和屏幕墙之间。屏幕墙被分割成数十个小画面，每个楼层走廊的情况都显示在各自的小屏上。她拿起手机，手机通话记录最新一条便是艾轲的，她直接按下通话键，三秒钟后对方已接通，她便立即挂断电话。

艾轲接通顾濛的电话便立即挂掉，接着便直奔何适的董事长办公室。他麻利地打开箱子，拿出那个小巧的激光切割枪。他双脚站稳紧抱枪身，然后将枪头猛力地刺向木门。

木门的下方立时火花飞溅。

何适办公室是智能锁，是活体指纹加人脸识别的双重门禁，艾轲只能以这种方式进入。这木门厚重而牢固，而这激光钻头却是锋利而坚硬，沉实的木门旋即被钻出一个大窟窿。

钻头的一侧是激光锯齿刀，艾轲沿窟窿一边向外切割，像是以刀切面，这木门立时便被切出一个大圆洞。

艾轲从旅行箱里拿出一块湿毛巾，他迅速地清理了地上的锯末，然后将包着锯末的毛巾和旅行箱塞进门洞。他朝走廊尽头瞥一眼，接着便利索地从门洞进入室内。

他飞快地扫视何适办公室的陈设，然后目光落在墙角的保险柜上。

看那保险柜的外观，那显然是全钢的箱体。艾轲又打开旅行箱，迅速为激光枪换上一个更强力的钻头，这个钻头侧面不带锯齿刀，其尖头之下却有一个锥体锯齿圈，锥尖就是钻头，自上而下是三层渐次变大的锯齿圈。此前破门用的是激光枪内存电池，现在他从箱子里取出电源线，为激光枪接上了交流电。

他拧紧钻头，便毫不犹豫地向保险柜开钻。

钻头冲击出更鲜亮的火花，也发出更刺耳的响声。

钻头很快穿透保险柜门缝处的钢板，不料里边还有一层钢板！他更猛力地朝这层钢板开火，钻头便触及柜里的机关。突然间警报声响，他立时打了个愣怔，也停止了钻击。

不只是保险柜的警报器在响，这间办公室的警报器也在响，而且是更为刺耳的响声。艾轲只有瞬间的停顿，接着便调整一下姿势，加大功率和速度，更猛力地向着柜门开火。

钻头在发力推进，柜门上先是被钻出一个小孔，三层旋转的锯齿圈便迅速跟进，小孔立时便成了一个拳头大的窟窿。这个拳头大的圆洞便是这个最大锯齿圈的直径。艾轲紧接着另选一处开钻,他是想将几个破洞连成一体。

警报器依然在响,似乎更为急促和响亮。艾轲全然不顾,只是要以最快速度打开这个保险柜,他也顾不上更大的险情——中控室的警报器也在响!

中控室里仍是只有保安员和顾濛两个人。警报器一响,保安员便条件反射地弹起身子,顾濛慌忙阻拦,却被保安员一把推开。保安员惊恐地望着屏幕墙,是15层小屏下方的警示灯在闪亮。

保安员拿起对讲机,顾濛急忙取下手表。保安员在呼叫援兵,顾濛按动调表旋钮,表盖弹起,她将表盖瞄向保安员的脖子,保安员正要闪避,顾濛按动手表旋钮。

一枚看不见的麻醉针射向保安员。保安员瞬间倒地。不到三秒钟,人便开始昏迷了。

警报器仍在响。顾濛不知如何关掉。15层小屏那里并无按钮。此刻她是有些惊慌失措了,她想切断整座双塔大厦的电源,但又恐这会惹出大麻烦,也恐艾轲那边还要用电。在这慌乱之际,她瞥见远处有几个保安员正在跑来,便赶紧抓起皮包溜出中控室……

15楼董事长办公室。保险柜已打开,柜门上有三个连成一体的破洞。警报器仍在响。

保险柜里文件并不是很多。艾轲匆匆翻查一下,便见一个装在小信封里的U盘。他回身抓起旅行箱,先将一团绳索拿出来,又将零碎物件一下子倒空,就把保险柜里的文件一股脑儿塞进箱子,也将那个装U盘的信封放进去。他哧的一声拉上旅行箱拉链,便掏出手机给顾濛打电话。

办公室的门忽然开了。何适带着两名保安出现在门口。何适大汗淋漓,保安员们拎着电棍。顾濛的手机刚接通,艾轲将手机揣回衣兜,但并未挂断。

这是他们摊牌的时候了。这注定是一场艰难的对峙。艾轲冷冷地望着何适。

何适显然是处于优势,他身强力壮,且带着保安,两名保安一个高大威猛,另一个略微年长些,看上去身板也很结实。艾轲相对来说显得文弱些,但他身上其实是有不曾显露的功夫,这是他在服刑期间练出来的。

艾轲的神情沉静而刚毅,何适立时便有些色厉内荏了。

"咱们……好兄弟……"何适强作笑脸,声音却是有些颤抖。他的身上散发着酒气,腿脚也有些摇晃。他神经质地抽搐一下,两眼空洞地望着艾轲。

艾轲瞥一眼那两个保安员,其中一个似有些面熟。

"好兄弟……我也是,好傻好天真……"艾轲苦笑着摇摇头,接着便换了一种语气,沉缓地,不带感情地,像是在讲述一个遥远的故事,"从前……有那么一对好兄弟,兄弟相差好几岁,哥哥凡事都爱护着弟弟,上学走路哥哥也是给他当马骑。弟弟最爱玩那蒙眼游戏,那天放学下着小雨,哥哥又背着他走路,他昂头骑着哥哥,忽见前边有一条挡道的饿狼,那狼饿得肚子扁扁,两眼直冒绿光,他便灵机一动让哥哥蹲下,说是又想玩蒙眼游戏……"艾轲说到这里,神情便有些伤感,"哥哥只顾低头走路,当然没看见那只饿狼,他便笑着蹲在地上,这时弟弟便掏出那块红布条,紧紧地勒住他的眼。弟弟说你不要起来,咱们好好数数,数到99,明天就准能考99分了。哥哥便蹲在地上数数,那弟弟便悄悄从后边溜走了……"

艾轲面无表情地打住。何适似是听进去了,便傻傻地问:"那……后来呢?"

"兄弟蒙住了我的眼……"

何适便有些惊恐了,他的一只手悄悄插进兜里。

"好兄弟把我送进了监狱,好兄弟假意殷勤来探监,只是为了骗取我的技术研发。好兄弟说是要设法捞我出来,其实是最不希望我出来。好兄弟暗中出卖我的成果,反倒诬陷我的女友是泄密者……"

"你系未痴线哇!有冇搞错哇!"何适忽然冒出两句粤语,接着又说回普通话,"你的女友!还好意思说!"

"这事谁都明白,我不想这么无聊。"

艾轲确实是不想跟何适在这事上纠缠。林韵是何适先认识的,这是事实。何适迷恋林韵的气质,但林韵却是对他无感觉。确切来说,那只是何适的单恋和……骚扰。

林韵最初只是出于礼貌跟他吃过一次饭，何适紧接着便是一番猛追，而林韵却是坚决地躲避。林韵并不是何适的女友，他们唯一的接触就是吃过那餐饭。何适便想借艾轲之力抬高自己，艾轲原本也是想成全他们，而最令艾轲感到意外的是，第一次见面林韵便爱上了艾轲。偶然的相遇，蓦然的回首，注定彼此的一生，只为眼光交汇的刹那。艾轲最初也是刻意回避，但林韵却是决不放弃。暗恋艾轲的人不算少，但他很难迫使自己做回应。林韵确是一个清纯可爱的女子，她有一种温婉的古典美，有东方古典美人的那种脉脉含情，也有西方神话传说中那些精灵和仙女的青春气息。艾轲喜爱西方古典音乐，而林韵是中央音乐学院硕士毕业的大提琴手。林韵是仙女座，艾轲是飞马座。艾轲是不相信命运的安排这类说法的，但这确实就是命运的安排。他无力刻意拒绝。

"夺妻之恨！"何适咬牙切齿。艾轲的这种冷静最使他受不了，艾轲的眼神中有某种不屑和鄙视。这种眼神分明使何适感觉到自己的卑下和低劣，我何某是人精，但也是人渣，人渣与人精有时是一路货……

他突然掏出一把92式手枪，枪口直冲着艾轲。此刻他的手机却忽然响起，他吼叫着下令让更多人快上来。

"你以为我不敢开枪吗？"他慌乱地高声叫嚷。他的神态已有些歇斯底里了。

他猛地甩一下头，又跺脚挥手示意保安员上前拿下艾轲。他的动作很夸张,像是一个醉汉在舞蹈。他似乎已是精神崩溃了。

那个高大威猛的保安员试探地近前一步,便举起电棍朝艾轲劈去,艾轲闪身避开电棍,同时飞起右脚,那保安员立时倒地。

何适面如土色,他呆呆地望着那个倒地不起的保安员。保安员已是动弹不得,刚才他是正面落地,此刻他满嘴流血,一颗门牙不知飞到了哪里。

艾轲的手机也飞到了墙角。他走过去捡起来看,发现机身已摔裂,屏幕也黑了。

何适狞笑着看向另一位保安,那位保安下意识地退后一步,眼神也在小心地避开何适。

"你他妈给我上!"何适恼怒地冲他挥舞着手枪。

保安员杵在原地,呆若木鸡地低着头。他的脚下是那团绳索。

何适又臭骂一声,便咔嚓一声打开手枪保险。他举枪指向艾轲。

在他的身后,那位保安员忽然抡起了电棍。

何适闷叫一声倒在地上。

艾轲吃惊地望着保安员。

"见过艾总!"保安员急促地说,"快撤!后边马上就来人!"

艾轲向他点头致谢,便回身拎起旅行箱,又抱起那团绳索。保安员接过绳索,他们正要出门,保安员忽然又回身捡起那把手枪。

他们出门便朝楼道尽头跑。楼道里也是铃声大作,警报器仍在发出刺耳的叫声。艾轲显然是无法乘电梯逃走了,他们跑到楼道尽头的消防间,声控电灯便自动亮起。保安员放下绳团,艾轲将绳头穿过旅行箱提手,保安员便麻利地将绳索一端系在消防栓上,又将整个绳团抛出窗口。艾轲从窗口俯身朝下看,见那绳团正迅速地沿外墙向下滚去。

"非常感谢!怎么称呼你?"

"不用谢!我小王,保安队长。"

"好!来日再谢!"

艾轲的身体已跃上了窗台,保安员双手递上箱子,忽然又掏出那把手枪。艾轲毫不犹豫地接过枪。他将手枪塞进裤兜,便双手抓牢箱子提手和绳索,让身体开始顺着外墙往下滑。

他尽量让身子贴近墙体,不使绳索有过大的摆幅。他用身体带动双手往下滑,也让双脚不时地触靠墙面。15层窗口距地面并不是很远,眨眼之间,艾轲的身体便轻松落地。

保安员从窗口看见艾轲落地,便解开系在消防栓上的绳头,将其从窗口抛下去。此刻他身后的楼道里响起一片杂沓的脚步声,他从消防间门缝朝那边看,就见数名保安正在往董事长办公室跑。他略微定了定神,便沿着消防通道的楼梯往下走。

艾轲落地后便拎着箱子往远处跑,楼外几个保安便立马跟着追。艾轲跳过大厦边的篱墙,就朝马路的辅道跑,他是想在那里拦辆车。

大厦保安们也越过了篱墙,艾轲不见有空出租车,便扭头朝那地铁口奔跑。正在此时,前方有辆车在鸣喇叭。那正是顾濛的宝石蓝跑车!一侧的车门已打开,顾濛在另一侧朝艾轲招手!

艾轲一头钻进顾濛的跑车,顾濛加大油门拐上路。艾轲从后视镜里望着那些追赶者。那几个保安正在发急,就见有两辆越野车飞驰而来。那是何适搬来的救兵。

"急死人了!怎么不接电话?"

"摔坏了!"

"噢……"

他们朝后望去,就见那两辆越野车正快速绕过篱墙。顾濛立时便显得很紧张。

"我来!"艾轲迅速下车,他们互换位置。艾轲的车技比顾濛好,他也比顾濛更识路。

那两辆越野车正在快速跟来。它们来势汹汹。艾轲加大油门抢过一个绿灯,试图让红灯拦停那两辆越野车,但是越野车根本无视红灯的存在,它们毫不减速地闯过十字路口。艾轲突然拐上一个高速路口,他想驶离这车流密集的市区。那两辆越野车紧咬在后,它们跟跑车的距离在变小。

顾濛已是吓得脸色惨白,艾轲却尽力保持镇静。他又突然拐下一个高速路口,后边的越野车也紧跟着转向。在前的那辆离这跑车太近,它一时来不及刹车,便冲过了出口,突然的转向使它难以刹住,便猛力撞向那护栏!

艾轲驾车在这土路上疾驶。另一辆越野车疯狂地追来。顾濛正要说话,就听后边响起了枪声。一枚子弹打来,顾濛一侧的窗玻璃被击碎。艾轲左手紧握方向盘,右手从裤兜里掏出枪。他打开保险,把枪塞到顾濛手上。

"打车轮!"

顾濛不敢接那枪。她不会打枪,此刻人也像是被吓傻了。艾轲见状,便摇下自己这一侧的车窗。他从窗口开枪还击,他想打中越野车的轮胎。这几枪没打中,后边又有更密集的子弹飞来。艾轲一把按下顾濛,使她俯下身子躲避。他又朝后边开枪,这几枪击中了越野车的左前轮,而与此同时,这辆跑车的后轮也被打爆了。

跑车斜冲向路边,艾轲猛踩刹车并用力左打方向盘。跑车依然向路边冲去,它翻倒在路边的芦苇丛中。

车灯还亮着,好在不是四轮朝天的全翻,好在他们都没受重伤,只是擦破了皮在流血。

"没事吧?"艾轲碰一下顾濛的肩头。

"没事。"顾濛轻轻活动一下身子。

那辆越野车也不是全翻。车上下来四个人,三个握着手枪,一个拎着西瓜刀,其中一个在拿手机通话。

"快报警!"艾轲冲顾濛说。

艾轲一把抓过后座上的旅行箱。顾濛慌忙拿出手机,她这手机上有"一键报警"的APP,她便立马接通了与警方的视频通话。她小心地将手伸出窗外,将手机摄像头对着后方那些人。与此同时,艾轲拉开旅行箱拉链,拿出那个装U盘的信封,又将信封和那些文件装进一个塑料袋。

那些人见这辆跑车已翻倒,但是不见有人下车,也不见有人开枪。他们又朝这边开了几枪,这边仍无任何反应,他们便放心地朝这边跑来。他们定是以为车里的人已伤亡。

这辆跑车的挡风玻璃已是完全破碎。艾轲让顾濛看下手里的包裹,他将袋口扎紧,然后用力将其扔向远处的草丛。车灯向那片草丛投去一片光亮,也照着草丛中一株白色夹竹桃。艾轲是将包裹贴地扔出,因有这样的距离,加上车身的遮挡,那些人便看不见什么。顾濛惶恐地望着艾轲,艾轲对她微微一笑。

顾濛的手机忽然响起来,是阿桑的来电。顾濛惊慌地说了眼下的情况,艾轲提醒她小声说。顾濛说她已报警,请阿桑设法跟进。对方忽然又朝这边开了一枪,艾轲和顾濛慌忙猫下身子。

"哇!要不要开枪?"顾濛望着艾轲的手枪。

"别担心,他们不是来杀人。我也不想杀人,也是寡不敌众……咱们已报警，他们就不敢胡来。谁也不想出人命，他们只为这个箱子。"

"哦……我这也是应激障碍了，一切全靠你思考了。刚才我有个想法……"

"说说看。"

"要是咱们死在这里，请你抱着我……"顾濛坦然地望着艾轲，神情很有些悲壮。

"别瞎说……"艾轲故作轻松地笑笑，轻拍一下顾濛的肩头，"咱们要好好活着，活到革命胜利的那一天。"

"可现在不是要束手就擒么？"顾濛抽出两张纸巾，她想擦去艾轲右臂上的血，艾轲急忙阻止她。

"现在咱们也得学会装，装作被撞昏了，摆出痛苦的姿势，装作从翻车到现在，没有任何动作，也不能擦血……"

"敌人来了……"

艾轲摆出扭曲的痛苦姿势，像是被撞昏了。顾濛如样效仿，她冲艾轲笑笑，带着一丝兴奋。

敌人来到车前，他们是蒙面的敌人。他们是在跑来的时候戴上面罩的，艾轲和顾濛没有看见这一幕。他们挥舞着刀枪向车里叫喊，又用脚猛踹车身。车里的人这才被震醒。

他们看见了那个旅行箱。他们望着车里的人，这一男一女像是刚从昏迷中醒来的样子。艾轲的手里没有枪。

艾轲和顾濛吃惊地望着这几个蒙面人，他们都有粗野的文身。他们猛力拉开变形的车门,先是抢走箱子,又抢走那把手枪。那为首的一个喝令他们下车。

"你们是什么人?"艾轲生气地问。

"少废话!下车!"

艾轲和顾濛只好下车,顾濛下车后又忽然回身,她在车座下找到了自己的Miu Miu水桶包。这时她的手机又响起来,她正要打开手机接电话,蒙面人便一把夺过去。

"我们已报警!高速路上我们就报警了!"艾轲的话里显然有警告的意味。

蒙面人头目朝高速路望一眼,就见一辆越野车正飞驶而来。那不是警车,是他们同伙的越野车。这几个蒙面人立时便有些欢跃,他们的刀枪依然冲着艾轲和顾濛。

越野车眨眼间便到了,正是那辆越野车。前杠已撞弯,挡风玻璃已撞碎。它在高速路上撞卜了护栏,但并未滚到坡下。

车上下来的也是蒙面人,他们一共有四个人,也是三个拿枪,一个持刀。

两个头目悄声嘀咕几句,便要艾轲和顾濛上车。

"你们拿了东西,这就两清了!"艾轲站在原地,他不想上车,"我们要等警车。"

"要活命就上车!要么就死在这里!"

"你不敢!因为你们老大怕死,我了解他……"

蒙面人头目便有些犹豫了。艾轲和顾濛已被他们包围,艾轲的身后也有两个持枪者。

"我们老板是想跟你谈判。"

"好吧,我先跟他通话。"

那两个蒙面人忽然扑向艾轲,顾濛失声惊叫。就在肩臂被抓的一瞬间,艾轲本能地回身反击。他疾速出拳,一拳头击倒一个,又飞起一脚,将另一个踢飞。

他们也不想闹出人命,因此手枪就不再是武器。那两个持刀的家伙便朝艾轲逼来。

刀刃闪着寒光,他们摇晃着长刀逼近艾轲。若是他们发狠使刀,艾轲即便有些拳脚,也难说不会受伤。他们还有更多的枪,即使他们不敢杀人,也难说不会开枪伤人。他们已经开过枪了。艾轲爱惜自己的身体。他不想无妄地丧命,也不想留下残疾。曾祖父为国捐躯,祖父是遗腹子。父亲结婚后赶上计划生育,便只有自己这个独生子。他也不想顾濛因此受伤,不能有刀伤,不能有疤痕,不能有任何伤害……

艾轲不得不掂量这情势。警车迟迟未到。对方的老板想谈判。顾濛已报警。阿桑会跟进。……

顾濛眼巴巴地望着艾轲,似乎仍未摆脱应激障碍状态。好汉不吃眼前亏。这俗话还是有道理。艾轲朝顾濛点点头,他的神色很镇定。

蒙面人的两把长刀都冲着艾轲,那几把手枪也都指向他。

艾轲沉默地朝那越野车走去,顾濛也紧步跟上。蒙面人拉开后门,将他们推到中排座位上,紧接着又跟上来两个,一左一右将他们夹在中间。其他蒙面人也都跟着呼啦啦上车,四个坐后排,一个抱着箱子坐副驾驶座。

这辆车原本就没熄火,蒙面司机上车后便立马开动。顾濛朝窗外望一眼她的宝贝跑车,又朝艾轲瞟一眼,艾轲抿嘴一笑。

司机加大油门,越野车在这村路上疾驶。窗外掠过一片片厂房、农田和荔枝林,又经过一个碉楼林立的村落,前方是一片黑沉沉的丘陵。

艾轲和顾濛的肩膀同时被抓牢,四条青龙白虎手臂死死地抓牢他们,与此同时,两个针头分别扎在他们脖子上。接着他们便被蒙上了头套,黑色的、不露面孔的头套。

"噢,兄弟蒙住了我的眼……"

这是艾轲昏迷之前最后的意识。

他们在一个黑屋子里醒来。无人监视和看守。艾轲一眼瞥见屋顶墙角的蜘蛛网,立时便有些心悸,赶紧移开视线。那场冤狱曾是一个蜘蛛网,他困在其中默默忍受了两年。他的那项下水道排查技术也是以此命名。这个世界正在变成另一个蜘蛛网,无所不包的巨大的蜘蛛网,每个人都是被它粘住的小飞虫。他忽然感到有些口渴。此刻他是瘫坐在一个破旧沙发上,沙发前的茶几上就有瓶装矿泉水,但他不想碰那水。

顾濛的大眼睛在暗处闪动。她也很想喝水，但也没有喝。他们不知时间过去了多久，也不知身在何处。

艾轲的旅行箱和顾濛的水桶包还在，它们都已被打开，零碎的物品在地毯上散作两堆。艾轲走到房门口，他试着拉动门把手，这道铁门却是纹丝不动，它显然是被从外边锁住了。艾轲又望着窗口，窗口并无防盗网。高层住宅一般都不安装防盗网，只不知这楼层有多高。这是一种凸出楼体的飘窗，几个玻璃窗扇都是固定不动，只有右侧的窗扇能向外推开，但也仅能推开一尺多的宽缝。艾轲推开窗缝往下看。这面楼体都是飘窗，并无任何可供落脚的阳台。他又目测对面楼的高度，这才意识到自己是身在四十多层的高处，而且这是大楼背面的窗口。难怪敌人如此放心，他们不必留人在房间里看守，只要锁好门，屋里的人便插翅难逃了。房间里没有绳子，更没有能从四十多层的高度垂到地面的绳子。这一男一女当然也不会自杀，不会从窗口跳下去。他们并不是抑郁病人，也不是畏罪贪官。

艾轲从飘窗俯视楼下。邻近处有一家包装厂，院子里是几栋阴森的厂房。厂区一片黑暗，只有零星的几盏路灯。路灯的光亮照着那些车间的窗口。那是一些自动化车间流水线，那里只有一些机械臂在工作。车间不再需要工人，也没必要开电灯了。

"要渴就喝吧，没关系。"

"你怎么不喝？"

"我没那么渴……"

此刻，这屋里的一男一女怎会料到，在这座高楼底座正门的入口处，一场紧张的谈判正在进行中。警方与蒙面人。这个房间的看守也下去支援同伙了。警方的谈判专家正在与蒙面人头目交涉。警方要他们交出人质，蒙面人说他们身上有炸弹。他们保证人质毫发无伤，他们要求警方撤离。警方要亲眼看见人质才撤离，蒙面人却不相信警方的话。他们担心一旦人质获救，他们一伙也会被抓。他们已是有些狂躁了，蒙面头目扬言，警方若是不撤，他们就会杀害人质，大不了同归于尽。……

在大厦高处的囚室里，艾轲和顾濛在无望地等待。艾轲尽力安抚顾濛的情绪，顾濛显然是有了更多的紧张和绝望。然而艾轲的神情使她感到，他们一定会获救。

艾轲的视线忽然落在顾濛的一件物品上。一盒避孕套。艾轲眉头微锁朝顾濛望一眼，他见顾濛也正在望着他，便转移了视线。顾濛当然注意到了艾轲的反应，那盒避孕套压在她的化妆盒下，她也是因艾轲的视线而看到。这显然是那些蒙面人从她的皮包里翻弄出来的。

此刻他们都陷入了沉默，气氛便有些尴尬。

"单身女人不可以有这个么？"顾濛的语气有些挑衅。

"我没这么保守，这当然是你的权利。"

"还是误会了……"顾濛轻轻笑出声来，"我要是说，这东西我并未用过，你信不信？"

"其实……其实你没必要向我解释……"

"喂,我必须向你解释!"顾濛的语气变得很严厉,"我不要你有任何误会!"

"这个……我当然相信你……"

"我这么漂亮的一个人……你别笑啊!不是么?肯定是很招人吧?走夜路时会不会有危险?"顾濛走近从她包里倒出的那堆东西,从中翻出一把小手枪,还有一个带喷头的细长瓶。

"这是辣椒水,这是麻醉枪,都是防狼必备。我手机上就有'一键报警'的APP,这你也看到了……"

"可是……"艾轲似乎仍有困惑。

"这个嘛……"顾濛踢一下那盒未开封的避孕套,"若是实在逃脱不了,若是刀架在脖子上,那么……是要命还是要什么……"

艾轲若有所悟,也现出若有所思的样子。

"当然,我希望永远不要遇上这种事,永远不要因为这种事而用这个。这样子。"

"无聊……是有些无聊……"艾轲苦笑着自语。

顾濛撩一下额际的发卷,忽然直瞪瞪地望着窗口。艾轲也向窗口望去,就见窗外正飘浮着一个飞行器。飞行器上的人正在朝他们挥手。那个人是阿桑!

艾轲见过这种喷气式飞行器的图片,本市一家公司的高科技新产品。这种飞行器已投放市场,也可用于特殊情况的救援。窗外的这个飞行器有半敞开的驾驶舱，像是一把高背椅。阿桑双手紧握操纵杆，像是抓着椅子的扶手，其靠背便是装有喷射动力的飞行包。飞行包上印着两个醒目的大字：山鹰。

"山鹰"飞行器已贴近飘窗。阿桑一手握紧操纵杆，一手递过一把长柄锤，艾轲立时会意。他接过锤子，猛一下便击碎了右侧这扇窗的玻璃。他又利索地砸掉窗框上的碎碴儿。阿桑又向窗口抛来一条粗绳，艾轲一把接过。他回望室内，这才发现顾濛已是面色煞白。

"你先上，抓紧这绳子，一步跳上去！别往下看！"艾轲冲顾濛大声说。

顾濛探头往外看，"山鹰"号虽然离窗口不到一米，但它毕竟是悬停在半空，而下边却是深不见底。顾濛立时便有些晕眩。

"哇！我要死啦！死啦死啦！"顾濛大声喊叫，抱头蹲在地上。

阿桑已将身体探出舱外，只留一脚蹬牢舱板，以便为艾轲他们腾出落脚处。艾轲将绳索绑在自己身上，然后猛地拉起顾濛，左臂拦腰抱紧她。顾濛仍在尖叫，艾轲便一脚跨上窗台，只经瞬间的停顿，另一只脚便踏上驾驶舱。

"山鹰"号猛地一下剧颤，这是因艾轲落脚的冲力。阿桑收身回舱，同时用力使飞行器保持平稳。他的身子紧贴驾驶舱前沿，以便为新来者留下容身的空间。艾轲抱着顾濛在阿桑身后站稳,又拉过一条安全带,他想给顾濛先系上,但此刻的顾濛依然是魂飞魄散。她双目紧闭,双手死死箍紧艾轲的身子。他们挤靠在阿桑和飞行包之间的狭小空间,艾轲双脚站稳支撑着身子,费力地给顾濛系好安全带,然后又给自己系上。

顾濛依然是面色煞白,她的全身都在剧烈地颤抖。应激障碍使她反应迟缓,艾轲已为她系好安全带,但她仍未意识到他们已登上飞行器。(很多年后,当她将"NDE"课题纳入她的计算神经科学研究时,她将这个跳跃的瞬间当成了一个确证的案例。NDE,near-death experience,濒死体验,也许只是瞬间的体验,但很多人却从中看见了幻象。)

她的耳畔是呼呼的风声,夜风吹动她的长发,也为她带来丝丝凉意,这份凉爽也使她的神志渐渐恢复清醒。她依然是惊魂未定,依然不敢睁开眼睛,她的身子依然在瑟瑟发抖,但此刻她已渐渐意识到,这颤抖也是因为飞行器本身在颤动。她依然无法驱除这种晕眩感,直到风中传来那两个男人的喊话声,她才缓缓地睁开眼睛。

"是警方派你来的啊!"

"谈判不成,只有这个办法啊!"

"他们有何条件?"

"说是找一个U盘。"

"为何不直接找我要?"

"你们不是还没醒来吗?"

"那为何一开始不明说?"

"一开始他们也不知道吧?他们老大也被打昏了,醒来才说要U盘。"

顾濛已完全清醒了。此刻她是在紧抱着艾轲。他们是在这个飞行器上。阿桑正带着他们飞。

这是海拔一千多米的高空,身下是灯火璀璨的夜景。那些美丽的灯光在闪烁,像是嵌在天鹅绒上的宝石。白云在身边飘动,远方夜幕中有流星划过。也许是流星,也许是不明飞行物……

她知道自己已完全清醒。她能够听见自己的心跳了,急促的心跳。她仍然紧抱着艾轲的身子。她只是眯眼望着身下的风景。她的头和身子并未活动,她不想因为自己的动作而惊动这个男人,她不想让他察觉她已清醒。

"你说是跟警方合作?"

"正巧我会这个……他们也算是我的客户。"

"谁?"

"这家公司啊!我也帮过他们,查泄密的事。"

"山鹰"号正在降低高度,下方是一片稠密的楼区。速度也减慢了,但还是足有70公里的时速。顾濛看见了那些熟悉的地标建筑。此刻艾轲觉察到顾濛状态已恢复正常,便欲缩回身子,想悄悄摆脱她的拥抱。顾濛却佯装不知艾轲的意图,她依然不想松手,依然装作未醒的样子。

"有个疑问啊!你怎知我们是在哪个房间?"

"这个……这个不好说……"

"警察也不知道!他们也决不会跟警方说!"

"不必问这个!"

"好费解……"

阿桑下意识地扭过头,就见顾濛正紧抱着艾轲。他略一愣怔,又转头望着前方。艾轲注意到阿桑的反应,但他一时不知如何解释。顾濛一直低垂着头,她浑然不知刚才出现的这情况。艾轲试图轻轻掰开她的手,她却依然紧紧搂抱着他。他能感觉到她身体的温热,也能瞥见她那迷醉的神情,还有那脸颊上的潮红。顾濛就这样保持着这个姿势,眯眼望着下方的夜景,耳畔依然有呼呼的风声,但风中不再有那两个男人的声音了……

海景出现了。海边有连绵的低山。"山鹰"号在快速下降。

阿桑不再有话。他是站在驾驶舱的前沿,别人看不见他闷闷不乐的表情。

正下方就是海螺居。阿桑动作娴熟地按动操纵杆,"山鹰"号便垂直地下降。

"到了!"艾轲欢快地大声说。其实他是说给顾濛听的。他更为用力地推开顾濛的手。顾濛这才抬起头来。

海螺居的院子里有一块空地。"山鹰"号垂直降落,稳稳地落在这块空地上。

何适从昏迷中醒来时,他雇请的喽啰们已经在那栋大厦与警方对峙了。事情真是闹大了。闹大了对谁都不好。且不说他与艾轲个人之间的恩怨情仇,那个失窃的U盘就足以为他坐实一项情节严重的泄密罪,还有强奸罪、非法拘禁罪、人身伤害罪,而今又新增了非法持枪罪,甚至还有黑社会组织罪。当然,有些事他有能耐去摆平,毕竟尚未造成严重后果。眼下最最要紧的是找回那个要命的U盘。此刻他跟那些受雇的喽啰发火也没用,也很难完全怪罪他们的鲁莽。他们收钱办事,他们受雇听指令,今夜是听何适的指令,但是发号施令者意外被击昏,何适的助手只好下令他们跟住那辆车,夺回那只旅行箱。至于旅行箱里有什么,何适那位助手也是不得而知。好在他代何适申明了这次行动的纪律,要抓人,但不能杀人,甚至都不能有重伤。

然而不管怎么说,那些蒙面人也绝不该跟警方对峙。他们当然也是为主子着想,认为无论如何都不能交出那对男女。何适醒来第一时间便打电话,他要那些办事的家伙无论如何要夺回那只旅行箱,夺回箱子里的U盘。那些蒙面猪头在房间里打开了箱子,却没能发现那个U盘。那时艾轲和顾濛尚未醒来,他们的身上也被搜查了。那帮猪头只以为是找U盘,只因那对男女尚未醒来,而楼下需要更多人手对付警察,便将他们留在房间了。本以为是插翅难逃，岂料他们还是从窗口飞走了……

在海螺居，此刻的顾濛真有回家的感觉了。她以女主人般的热情向阿桑致谢，为他沏茶为他削苹果。阿桑却是闷闷不语。顾濛感觉他有些反常，但不知其因。艾轲自然已看出端倪，但他此时不便明说。唯因有这种不便明说的苦恼，对于可以明说的一切，对于阿桑的机智、勇敢和男子汉气概，对于他的这番意义重大的营救行动，艾轲便是不吝赞美之词。这番赞扬足以使人感到，阿桑早已不是那个在贾科长面前因为应激障碍而失语的小男生了。

然而，阿桑依然没有多少快乐的神色。此刻他当然不是那个失语的小男生了，但是他这副神态又显露出另一种脆弱，这使他看上去又像是一个失恋的小男生了。

此刻的阿桑确实就是在经受着一种失恋的痛苦。因此，当顾濛向他提出艾轲的那个疑问时，他依然不能明说。

也许过些日子他会有信心说出这实情。他也希望会有那么一天，那时他会以真正的勇气坦然说出这个实情。他希望那时他能得到真正的理解和回报。

就是这个说不出口的"爱"字。这个在九零后年轻人的大学生活和无数节日中说滥了的"爱"字。这个字说出来很容易，难的是得到回应。阿桑的确是对同龄小女生"基本无感"，他爱顾濛这个大他十岁的女子。那天他坐顾濛的跑车回城，（当顾濛去路边24小时自助柜员机转账时，）她的手机就留在车上。那个时刻阿桑只是一个闪念，他从车窗望着顾濛的身影，望着她那在夜色中扭动的腰肢，他就想到这样一个美女在暗夜中独行该是多不安全。而他兜里正好就有一个微型无线跟踪器，是朋友公司送给他玩的新产品，因为他是有信誉的黑客。于是，因有这个闪念，他就拿起顾濛的可卷曲手机，三下两下就在里面安置了一个跟踪器。于是，在这个令人紧张的夜晚，当阿桑在自己手机上看到顾濛的位置信号是在荒郊时，便忍不住拨通了她的电话。果然是出事了，顾濛让他报警。此后他一边督促警方跟进，一边跟踪顾濛的信号。后来的信号便显示了他们被困那个房间的确切位置。虽然顾濛的手机是在蒙面人身上，而那个蒙面人又离开房间到了楼下，但因阿桑先已到楼下警匪对峙的现场看过，既然艾顾二人不在楼下，那么尽管跟踪信号是在楼下现场，阿桑仍确断他们二人是在那个高层房间里……

　　此刻阿桑难以说出实情。这毕竟是侵犯了顾濛的隐私，他怕说出实情便会换来一记耳光。顾濛又给他端来了咖啡，阿桑接咖啡的时候便朝那只纤手看了一眼，这只纤手会给他扇来一记耳光吗？他也同时想到，这只纤手，还有另一只纤手，刚才在高空飞行时，这两只纤手紧紧抱着另一个男人……

　　"真好奇欸！你是怎么找到了那个房间？"顾濛再次提出这个疑问。

阿桑为这个秘密而苦闷。顾濛也为自己的秘密而伤神。何适的那个U盘既然如此重要，那么，里边是否会有与林韵有关的信息？会不会也有那些不能让艾轲看到的视频？玛利亚嬷嬷说何适的那些录像该是有备份的，顾濛已向她起誓，永远不会让艾轲看到U盘里的东西，那是玛利亚嬷嬷郑重托交给顾濛的U盘，顾濛接受这个信托时并不知U盘里是何内容。而今玛利亚嬷嬷恐也料想不到，艾轲竟然从何适的保险柜里起获了另一个U盘。假如这个U盘里也有林韵受辱的那些视频，那么，这肯定也是玛利亚嬷嬷不愿艾轲看到的。尽管这样的实情也许会令艾轲对林韵死心，也就意味着艾轲有接受顾濛的可能，但这仅仅是一种可能。对于顾濛来说，这是一线微茫的希望，微妙而虚幻，然而却又是真实的，一如她在飞行器上拥抱着艾轲的感觉。然而她已发誓，即便因此而放弃事关自己幸福的这一线希望，她也别无选择。她不能伤害这个她深爱着的人……

艾轲也有自己的秘密。关于拜托美国朋友寻找林韵下落的秘密。他不想让别人分担自己的痛苦。他可以请朋友帮忙，但不想让身边的好友介入。顾濛当然已不是何适所说的需要提防的人，恰恰相反，何适才是最为可怕的敌人……

他们各怀着自己的秘密，便使这场胜利、这场有凯旋意味的欢庆变得索然无味。当艾轲说他要尽快去那棵夹竹桃下取回那个U盘时，顾濛便坚决地说自己去，她说可以跟阿桑一起去，因为那里还有她可怜的跑车。艾轲仍坚持要去，顾濛便说他目标太大，最好快去派出所报案，这样既是为自身寻求紧急保护，对顾濛和阿桑的行动也是一种掩护。顾濛说得有道理，艾轲就不再坚持自己去取那个U盘。顾濛的真实意图是，她要第一时间拿到那个U盘，第一时间独自打开看，若是有与林韵受辱有关的内容，她就将其删除。她将交给艾轲的是她认为可以给他看的内容。

　　他们来到二楼的艾轲实验室。Alpha-3依然默默地站在阳台口。顾濛怀揣着那个秘密，就像是怀藏着一枚炸弹，她随时可以引爆这枚炸弹，随时可以炸伤这个男人，如此她便有机会为他疗伤，便有望让这个受伤的男人回报她的爱。然而她不能这样做，她已庄严起誓，她不能夺走那个女人最后的希望，尽管这希望是如此渺茫，就像是夜空中遥远的星光，但你不能无视它的存在。那个女子也是她所爱的。此时此刻，艾轲默默地望着这个酷似林韵的机器人。他已为她装置了自动启动触觉感应，但此时此刻，他却没有心情看她演示。既然她酷似林韵，艾轲便感觉她应拥有林韵的部分权利，她就应受到尊重，他就无权随意向她下指令。他就不能像对待一台机器那样对待她。

　　顾濛也感觉到了艾轲的这种情绪，她也以怜惜的眼神望着这个"林韵"。不知内情的阿桑此刻倒是起了某种好奇心，便不再是刚才那种郁闷的神情，他这纯粹是技术上的好奇心,因为他看到的只是一个酷似真人的机器人,只是一个编号为Alpha-3的机器人。

"要说何适也真是有两下子啊!这个仿真效果真是够绝的,这个Alpha-3有原型人物吗?"

艾轲和顾濛都不作答。阿桑便意识到自己说了不该说的话,也意识到艾轲和顾濛之间拥有某个秘密,而这个秘密是将他排除在外的,他无权分享,他只是个外人。意识到这个,阿桑便又郁闷了。

在这沉闷的氛围中,空气中便有了不安的因素。危险尚未消除,敌人仍然会追赶到这里。警报器果然响起来了,这是一种急促的铃声,是海螺居的雷达报警声。他们跑到雷达屏幕前,就见夜色中有两辆车正朝海螺居驶来。

"怕是何适他们……"顾濛立时又紧张起来。

"咱们得赶紧走!"艾轲说着便匆匆走出实验室。

"还乘'山鹰'么?"阿桑立时来了精神。

"有劳!这里又没车,只能再上去。"顾濛拉着阿桑下楼梯。

"去哪儿?我担心续航能力……"

"先离开这里,然后分头行动。你们可以打车去,这样也可隐蔽目标。尽快找回那个U盘!"艾轲又冲着阿桑说,"辛苦你了!请保护好顾濛。拜托!"

他们迅速登上"山鹰"号,仍是阿桑驾驶,艾轲和顾濛挤在后边。他们麻利地系好安全带,阿桑便立马启动。

"山鹰"号升起的时候,艾轲和顾濛都不约而同地朝下望一眼,他们的视线最后都是落在那个女人身上。那女人只是默默地望着阳台外。

"山鹰"号快速直升,像是一枚小型的运载火箭。转瞬间海螺居便被抛在了身下,还有那两辆驶近别墅的小车,像是两只小小的甲壳虫。

"坏了!海螺居要遭殃了!"顾濛忽然惊叫。

"他们进不去吧?有电网,有虹膜门禁。"艾轲并无紧张情绪。

"有一个人能进去!"

"谁?"

"还能是谁?!何适有门禁权限……是你让我给他开的……"

"随他去吧,他是想找他的东西,也未必会搞破坏……不然也就太下作了……"

"本来就是……"

顾濛忽然想到,幸好她未将玛利亚嬷嬷给她的那个U盘留在实验室。她用完之后就拿回家里了。她怕留在海螺居不安全,生怕哪天被艾轲无意中看到。此刻再度升空,顾濛不再紧张,也就没有理由再抱紧艾轲了。她和艾轲都是单独系着一条安全带,尽管空间狭小,他们的身体也没有碰在一起。

"山鹰"号转向的时候,阿桑趁机回头看了一眼。

红外区

"山鹰"号升空的时候,何适率领的两辆车已来到了别墅的墙外。除了何适,两辆车上下来的仍是一些蒙面人。他们也是拿着手枪和西瓜刀。何适下令他们向上开火,但"山鹰"号转瞬间便飞离了他们的射程。

何适气急败坏地咒骂几声,忽然感到了某种绝望。那么小的一个U盘,他们一定是带在身上。既然他们已飞走,他们来这别墅也只能是扑空了。他却并不善罢甘休,他要进去看看,兴许会有意外的发现。

别墅有虹膜识别门禁,只有何适有权限通过。墙头拉着电网,这些喽啰也不敢翻墙进去,他们便只好待在墙外警戒。

海螺居的楼门并未上锁,何适推门进去。他对一楼客厅没兴趣,只是瞄一眼,看那U盘是否遗落在茶几上。他显然不会有这样的好运。于是他直奔二楼。顾濛的实验室锁着门，何适难以进去。艾轲实验室门开着，灯也亮着，何适便一头冲进去。他一眼便看见了阳台边的美人。

他先是扫视四周，然后走向艾轲那个凌乱的工作台。没有他要找的U盘。他又拉开那些抽屉，边找边没了劲头。他意识到了自己的徒劳，便生气地将那抽屉拉出来扔到一边，又恼火地挥手将工作台上的几个传感器扫落在地。他忽然火冒三丈，便双手抓起艾轲的电脑，将它猛力地摔在地板上。艾轲的电脑立时成了碎片。

艾轲不愿设想何适会这样下作，顾濛说他本来就是……

Alpha-3注视着这位闯入者的动作，它的头部也跟着自己的视线平顺地转动，仿佛是一位监视者。那个被监视者便有些恼怒了。

此时此刻，何适便再一次面对着自己的作品了。此刻站在他面前的这个哑美人，至少外观上是他何适的作品。这些手感绝佳的硅胶皮肤，这些呈现表情的电子动物肌肉，当然还有这女人的身材和美貌……

他送这个女体机器人给艾轲做礼物，原本确实是有一番良苦用心，他是希望以本公司的最新产品给艾轲以慰藉，他不曾想到这个礼物给艾轲带来的是痛苦，因为它是以林韵为原型。单是那些晶片和电线的裸体倒还好，一旦何适以高超的仿真技术使其变得栩栩如生，艾轲反倒是不忍直视了……

然而此时此刻，何适面对的就是这个酷似林韵的机器人。这是他在双塔大厦的"皮格马利翁"实验间所完成的作品，此刻他感觉到自己仿佛就是那个希腊神话中的塞浦路斯王，那位出色的雕刻家。皮格马利翁用神奇技艺创作了一尊美少女雕像，而他何适也以自己的精湛技术打造了这样一个女体机器人；皮格马利翁像对待自己的妻子那样装扮她和爱抚她，而没有妻子的何适也是以最优质的仿真材料装扮她，但是他还不曾爱抚她……

此刻他试探地伸出一只手，先是轻轻触碰她的一只乳房，接着又伸出另一只手，两只手都渐渐用力地抚摸。就是这个女人，他曾爱慕和骚扰的女人，他所强暴和占有的女人，他所毁掉的女人。他的脸上现出怪异的狞笑。他想再一次拥抱这个女人。

他展开双臂拥抱这个"林韵"。"林韵"也是礼貌性地伸出双臂。他立时感觉到她柔软的肌肤，便将自己的身体紧贴上去。"林韵"却是不想贴近，她的身体似是在条件反射地排拒。她在暗中发力，像是要用力推开他。

"林韵"的眼睛微微睁开，她的瞳孔在渐渐放大。她的瞳仁中正在散发出一束光。一束红光，一种强烈的红光！

何适的身体感到有些不对劲，便去看她的脸。他便看见了那束红光，一束刺眼的强光！

"林韵"的红眼睛在发光,何适立时惊恐失色。他的身体本能地向后退缩,可双臂却是挣脱不开了。"林韵"的身体在震颤,与此同时,她牢牢抓紧了何适的双臂!

这是Alpha-3的传感系统启动了。"林韵"的眼睛所发射的红光其实是一种激光。因有艾轲加装的生物传感图像识别装置,Alpha-3的视觉和身体便能实现有效的联动。顾濛在程序中加入的辨识模式也启动了,这是Alpha-3的"直觉反应"。先是视觉识别,然后是动态红外识别,当何适出现在Alpha-3的面前时,这个机器人的"激光眼"(激光红外灯)便立时有了感应。出现在它视野中的是一种不可见光,是作为物体的何适本人的红外辐射,生物传感器便对红外区的这个活体信息做成像处理,并将其转送给传感系统图像库,这个动态识别信息便与预存的何适图片相确认(图库中有顾濛预存的公司多位员工的照片),然后系统便自动接通与何适相关的生物计量程序。这也是与林韵受辱过程有关的数据程序,呼吸、心律、血压、脉冲、声频、脑波,所有这些数据都被还原成相关的"暴力指数",也转化成超临界反应程序,一种自动生发的超常突变。于是便导致相应的超临界状态动作,或者说是一种爆发:行动,错乱,加速,崩溃,失控……

何适发出惊恐的怪叫声。"哑美人"在发力,她愤怒地咬紧牙关,她的身体在更剧烈地震颤,此时此刻,她四肢的骨骼也在发散出一种亮光。何适竭力向后退,他的双臂却是被钳得更紧了。"哑美人"双目紧盯着何适,她的眼睛里有暗置的微型激光制导器,因此便可以视觉锁定目标并引导身体动作。何适的身子仍在死命地往后缩,但他已是退无可退了。"哑美人"便向前迈出一步,而何适的身后就是阳台的护栏。

"哑美人"双臂缓缓上举,何适的双脚便离地升高。何适哇哇直叫,"哑美人"的双臂又缓缓后扬,何适已是头下脚上了。他的双脚仍在胡乱地踢蹬,两只皮鞋踢出一条抛物线的起点。

何适的身体被猛力地抛出去——

一道比垂直坠落更优美的抛物线。

一声瘆人的惨叫,像是野猪的嚎叫。

楼下传来人体坠地的闷响……

纽瓦克

那个雨季的黄昏,一只橘黄色的母猫叼着小猫跑过草地。一只出生不久的小猫。他看见母猫跳到邻居的阳台上,看见母猫将小猫放进一个空纸箱里。片刻之后,他又看见母猫从纸箱里钻出来,她用爪子小心地合上箱盖。母猫的身体已是很瘦弱了,她的面部瘦得似乎只剩两只漂亮的大眼睛。母猫温柔地朝纸箱望一眼,便又跳下阳台。她的身影消失在雨幕中……

他在飞往纽约的航班上想起这一幕。他透过舷窗望着那片群山似的积雨云,想到那些已从这个世间消失的美好生命,也想到楼上那些冲流浪猫扔酒瓶和砖头的恶邻居。人心毒化的生态,依然可以有光鲜靓丽的外表。在那些所谓的"智慧城市",仍有一些可怕的食猫者,他们说这是一种名为"龙虎斗"的食文化,龙是蛇,虎是猫……他曾在电视上看到那种运猫的卡车,像是开往奥斯威辛集中营的囚车,车头后边是封闭的大货箱,那些猫咪挤在小窗的铁网后朝外望……

那个雨季的黄昏,他默默地注视着邻居的阳台。那个破纸箱就是猫妈和她的孩子避雨的新家。他看见雨幕中又出现了那只母猫的身影,她的嘴上又叼着一只小猫。母猫又跳上阳台,将那只小猫也放进纸箱里……

林韵就是从那天开始喂猫的。她出门买来了猫粮,专为幼猫食用的那种,还有几个金枪鱼妙鲜包。她用报纸叠成一个小船,然后装满猫粮放到邻居的阳台下。她将小船放在阳台下的一个隐蔽的角落,如此既可确保猫粮不被雨淋,也不会被邻居发现……

此刻在这万米高空的云海中飞行,他在昏沉的睡意中想到那些猫,想到那些在垃圾桶里找食物的干净漂亮的流浪猫,想到那只装满猫粮的小纸船。他想到数千年前那些从非洲大陆乘船过海的猫,它们来自一个更为古老的世系……这个航班的目的地是纽瓦克,纽瓦克是一个港口城市,那里当然也会有很多船。这是艾轲此行的目的地,也是两年前林韵那次飞行的目的地。她在纽瓦克的入境记录是她消失前最后的信息……

艾轲一行是为Unicorn脑电传感技术出庭应诉。某些美国人已将人工智能视为中国真正能够赶超美国的技术领域了,此刻艾轲面前的小餐桌上就有一份《纽约时报》，这是普利策奖得主约翰·马尔科夫的文章：*Is China Outsmarting America In AI?*（《中国人工智能正在智胜美国吗？》）

对于云芯公司来说，这个官司是事关能否快速成为独角兽企业的大事，然而在艾轲心目中，这事似乎离自己越来越远了。那天深夜，顾濛和阿桑连夜打车去找那个U盘，他们还带了一副夜视仪。他们找到那株白色夹竹桃，也在芦苇丛中找到了那个装有U盘和文件的塑料袋。她的跑车还在那里，她便打电话让人拖车。最重要的是U盘找到了，U盘里果然是有Unicorn脑电传感技术的全套资料，如此也就免除了艾轲进行还原实验的辛劳。这个U盘大大增加了云芯胜诉的砝码，但这并不意味着云芯胜券在握，因为U盘里有个PGP加密文件夹。PGP，Pretty Good Privacy，完美隐私保护。Unicorn最为核心的技术材料很可能就在这个文件夹里，而这是艾轲尚未完成的还原实验。这几天发生了这么多事，对于这项难度很大的费力费时的实验，艾轲其实已是心不在焉了。没有什么比寻找林韵更重要。法院将于后天开庭，艾轲执意先去纽瓦克。

艾轲先去纽瓦克，顾濛则在两天前乘另一航班先去了西雅图。微软联合创始人保罗·艾伦的研究所在西雅图。顾濛刚看到最新一期*Nature Neuroscience*（《自然·神经科学》），这期杂志上有一篇令顾濛大为震惊的报道：美国艾伦研究所和匈牙利赛格德大学发现了人脑独有的神经元！一种"玫瑰果"！顾濛向英国牛津的桑德伯格博士求证，而她这位学长也与艾伦研究所有合作。桑德伯格向她确认这是一项重大发现，甚或可以说我们有望以此揭示"人之所以为人"的秘密。桑德伯格建议顾濛去美国时顺访艾伦研究所，他也愿意介绍那边的朋友接待她。顾濛兴奋地向艾轲说起此事，并拿这期杂志给艾轲看。艾轲也是一样的兴奋。

顾濛也是这个赴美四人团队的成员之一，虽然她的作用不比艾轲和律师重要，但她也是一个不可或缺的角色。那个U盘里其实还有更多的内容。她拿到手后第一时间就自己悄悄看了一遍，然后毫不犹豫地删除了林韵受辱的视频（的确是备份，与玛利亚给她那个U盘中的视频是同一版本），这才将其交给艾轲。

　　　　只要你等得足够久，敌人的尸体就会从上游漂下来。

这句无厘头的话不时地浮现出来，这句话像是某种可见的实物，像是从时间之河的上游漂来的尸体，这个景象在不时地提醒艾轲：这就是现实。

这是何适坠楼事件给艾轲造成的反应，似乎确实是有那么一具顺流漂来的尸体，然而现实的情况却并非如此。何适坠楼是真，但他并未摔死。坠楼时他是头部着地，经开颅手术排出积水后，第二天上午便在ICU病房醒来。

ICU病房床位紧张，他很快便被转到了普通病房。他的头上戴着网罩，像是前线归来的伤员。只是中度脑震荡，并无大碍。腿却是摔断了，医生说至少要卧床两个月。

何适醒来后的第一个意念是"完了"。他的身上连着好几条管线，监视器上的数字和曲线在跳动。他很快便意识到这不是实验室，而是医院的ICU病房。他的女友已来过，那位市国资委的副处长，她来病房时何适尚未醒来，但因有位便衣女警察也在这里，因此尽管何适的助手含糊其词，在病房外的走廊上，她从与便衣女警的随意交谈中（因为她的国资委公务员身份，这位女警还是很乐意跟她多聊几句），也还是了解到了某种实情。这是令她深感意外的实情，这样的实情足以使她生发更多的联想，便足以拉开她与何适的距离。这位副处长原本就是很理性的人，她有她的理性和原则，与这种原则相比，那点有限的男女之情便是微不足惜了。这位副处长是志向高远的人，她正在攻读法国尼斯大学的DBA在职博士课程，她不会再为何适这样的人耗时间。如此看来，这位女友是再也不会来医院探视了。这也就意味着，何适与权力联姻的美梦破灭了。至少暂时是这样，将来他仍可再找别的女官员做女友。然而对于何适来说，该是没有多么美好的将来了。那位女警就在门外，这是他必须面对的现实。

这位便衣女警来自经济犯罪侦查局，她原本是要着手调查何适涉嫌金融诈骗的案子，没想到紧接着就发生了这个坠楼事件。此刻她的手里拿着一个擀面杖似的纸筒。纸筒里卷着一幅油画,这是她从那个有名的洋画村买来的。洋画村其实是一个小小的城中村,那里有几千个"凡·高",也有几千个"达·芬奇",那些画工二十多分钟就能画好一幅《向日葵》,就能画好一幅《蒙娜丽莎》。那些农民工原本并无任何绘画基础,都是从头学起,调色,用笔,临摹,一个月时间便可学成这门谋生的手艺。这个夏日的早晨,女警来到洋画村,那位在弘文大厦工地坠坑的保安员的同事也来到了洋画村,他想来这里试试运气。那位梳马尾辫的画廊老板问他来的理由,他便说起那位不幸的同事。他说那小伙子真是个好人,倒霉就在于他工作太认真,为人太热情。那天本来不是他值班,他却主动去放那块警示牌,因为天仍在下雨,地面便有塌陷的危险,他怕别人不小心掉下去。他说赔偿的事还没完,开发商有钱有势,一条人命却只赔几十万,所以他也感到很寒心,就不想在那里干了……

何适的那个U盘里也有涉嫌洗钱的文档,似乎是利用真假难辨的名画洗钱,也有利用虚拟货币和区块链概念进行金融诈骗的嫌疑。顾濛那天看了U盘里的文件,便立即向警方报案,她也提及何适利用名画图片下载公司绝密文件这件事。于是,这位女警在来医院之前便特地去洋画村买了一幅画。很便宜,六百元成交。画工之间也是竞争激烈,只要能卖出去,再便宜他们也会出手。好在有这样一条供需活跃的产业链,满足国内的楼堂馆所有需求,国外的订单(经过多层中间商)也蛮多,这也算是一条全球化时代的国际贸易产业链,其消费者甚至有美国的黑手党。美国黑手党订购的只是圣像画,订购最多的是列奥纳多·达·芬奇的《岩间圣母》,其次是拉斐尔的《座椅中的圣母》,伦勃朗的《脱离苦难》订货也蛮多。

美国也有高仿名画,但美国人制造的这种东西却很贵,中国货的价格不及其十分之一,而大量订货还能更优惠。黑手党购买这些油画是用来焚烧的。此刻,在纽约布鲁克林区一栋中世纪风格的老宅里,FBI探员的隐蔽镜头正在偷拍黑手党的入会仪式,这是源自西西里的古老传统。

教父用匕首划开新党徒的手指,让血滴在一张来自中国的小幅《岩间圣母》精仿油画上。

"你愿意在圣人面前以血发誓,永远遵守帮规,不出卖家族吗?"

"我发誓。"

教父点燃圣像。

"圣人见证,你若背叛,就如同这张圣像,在阳世间被炮烙,或者在地狱里受火刑。"

圣像在燃烧。天使的面庞在缓缓变形,指向施洗者约翰的食指也在火中弯曲起来。就在这幅圣像快烧完时,新党徒将其合掌搓掉。

"圣人赐福予你,我的兄弟。"

教父走上前去拥抱他。

此刻,这位FBI探员不便接电话。FBI纽约分局要给他下达新任务。艾轲的美国朋友已为林韵失踪报案,为了强调案情的重要性,朋友们甚至故意说林韵可能与某起技术泄密案有关,而林韵的男友——这项技术的研发者——此刻就在纽约布鲁克林区。审理此案的法院与FBI探员所在的黑手党密会地很近,只隔着一个街区。

法院即将开庭。艾轲和他的团队乘车去法院。

米勒的《拾穗者》就展现在他面前,就在他的床上。画布微微有些卷曲,女警再次以手抚平。女警就站在窗口,窗口有一片明亮的日光。躺在床上的何适双眼紧闭,他的身体掠过一阵抽搐,像是噩梦中的战栗。

他的大脑已完全清醒。当女警从纸筒里拿出这张油画时,他便知道自己是彻底完了。他在一条不归路上已走得太远,而那幅油画又唤起他的记忆,那是关于过往人生的遥远的记忆,那些弯腰拾穗的淳朴女人,她们是他至爱的亲人,那是艰辛而温暖的真实的时光……

窗外飘来悠缓的大提琴曲,是那种若有若无的颤音。女警的身子斜靠在窗口,她在冷静地观察床上这个打着石膏的人,这个有重大犯罪嫌疑的家伙。她正在考虑如何对付他,就见他那紧闭的双眼缓缓地溢出了泪水。

没有谁知道他的灵魂(如果说人有灵魂的话)经受了怎样的体验。确切来说,那种体验就发生在坠楼落地的那一瞬间。那一瞬间令他看到了纷至沓来的异象:冷风如刀,如魔爪,他的面皮被揭掉,面皮像是坚硬的面具,不是他用于仿真设计的那种硅胶;魔爪般的冷风又揭去他的皮,像是撕开机器人身上的软皮;他的肉体落在一个巨大的油锅上,火舌凶猛,黑烟滚滚……

这只是瞬间的体验,但足可改变一个人。很多人在濒死的一瞬间都有过这样的体验,而现代病理学的解释是,这是一种"濒死体验"(NDE)。也有人说,NDE就是"灵魂出窍"体验。有大量的病案显示,很多人在经历过这种体验之后,在他们走下手术台之后,这些从死亡线上挣扎回来的人,他们都说看到了某种异象,很多人都说看见了隧道尽头的光明,看见了飞翔的天使和逝去的亲人,看见了故乡的风景和家园……

很多人甚至因此完全改变了性情。他们因此而更加珍惜这有限的人生。何适在那个瞬间也看到了故园和亲人的影像,但他没有看见黑暗尽头的光明,也没听见天使的歌唱,他所看到的是地狱里的火刑。在那个坠地的瞬间,他发出了绝望的惨叫。

然而此刻的阳光是真实的,这是他从地狱归来所见到的真实的光亮。窗外飘来的大提琴曲也是真实的,这悠缓的乐曲使他想到那个被他伤害的女子。这油画也是真实的,这片秋收后的麦田闪动着他记忆中的暖光……

当女警给他递上纸巾时,他终于忍不住地哭出声来。他试图以手掩面,但他的右臂仍绑着石膏,他竭力将头和身子扭向一侧,哭声却是抑制不住地更响了。

《拾穗者》被他压在了身下。他的泪水也落在这张精仿油画上……

顾濛在开庭前一刻钟收到了女警发来的信息。这是何适说出的密码: creator。顾濛立即在笔记本电脑上打开那个U盘,打开U盘里的那个PGP文件夹,Unicorn最核心的技术资料便呈现在眼前。一刻钟后,这便是呈堂的"实锤"了。

何适说出这个密码后又闭上了眼睛,此刻他似乎很疲累。他侧身对着墙壁,他的神情已有了难得的平静。此时此刻,在双塔大厦的15层,云芯董事们却在焦虑不安地等待前方记者发回的即时报道。他们有的盯着手机,有的盯着电脑。对于云芯公司来说,这的确是一个要命的官司。

胜诉!他们终于等到了大好消息。

艾轲和他的团队走出法庭,便被记者们团团围住。

面对中外记者,他们时而以中文作答,时而以英文作答,顾濛立时便成了吸引媒体的焦点。艾轲也希望顾濛多说点,他在法庭上可以挥洒自如,时而谈笑风生,时而咄咄逼人,而一出法庭,他便又恢复了沉默寡言的老样子,于是顾濛此刻便是云芯新闻发言人的角色了。记者们的长枪短炮都对准顾濛,而在她全力应付媒体的时候,又有记者想单独采访艾轲。艾轲便离开人群几步,是为更安静地交谈。采访刚一开始,艾轲便忽然感觉有些异常。不是采访本身,而是他对周边环境的感觉,某种神秘的感应(也许是某种生物传感),来自身后的某处。

他愣怔片刻,便蓦然转身朝远处望去,就见远处有个女子的身影——艾轲熟悉的身影!那人正是林韵!

艾轲的转身令她猝不及防,她条件反射地举起手,像是舞台上的悲剧女主角在祈祷。这只是瞬间的姿势,接着她便静静地站在那里,像是一个梦幻中的身影。她只是默默地望着这边的人群,望着人群中的艾轲……

这不是幻觉!艾轲似乎听见了她的惊叫,在她举手的那一瞬间,她似乎是发出了惊喜而慌乱的叫声。艾轲似乎是读出了这唇语。

艾轲欣喜地朝她跑去。那女子略一迟疑,便遽然转身。她的身后停着一辆红色丰田,她迅疾上车拉上车门,车子便飞快地驶去……

艾轲眼见那小车拐向一栋楼后,便停止了追赶。他茫然地站在路边,忽然感到整个世界在旋转。

就在此刻,那位FBI探员快步走近他。那人先是亮出自己的身份,便又问明艾轲的身份。他又迅速掏出手机,报上那辆红色丰田的车号,并要求在95号洲际公路布控。

"95号洲际公路……你是想她会往远走?"艾轲用英文问。

"花园州的车牌,我看到了这个!"FBI探员得意地咧嘴一笑。

"她可能是去哪儿?这个方向……"

"谁知道?也许是去纽瓦克……"

郊 外

佛说万法皆空，因果不空，霹雳自带加速器。很久很久以前，曾经有位高僧对艾轲说过这句话。当他对顾濛说起关于超临界状态的构想时，在那个令人迷醉的阿基米德时刻，他忘了对顾濛说出这句话。霹雳自带加速器。那个时刻这句话确实是在他的意念中出现过，他也因此想到为Alpha-3装置一个特别的加速器。错乱，加速，崩溃，然后就是超临界状态，超出程序的动作、行动……

顾濛的程序设计完美配合了艾轲的传感系统改进，Alpha-3便有了那样的"自主行动"。他们是想在Alpha-3身上实施这项新实验，但他们不曾想到，Alpha-3自主行动的首秀竟是一场漂亮的袭击。他们更不会想到，这场袭击的目标居然是何适。以暴易暴，这的确是一种意外。一种意外的选择。一种非常的偶合。Alpha-3的传感系统图像库中有云芯多位员工的照片,但出现在"激光眼"红外区的人却是何适。尽管Alpha-3发现了何适的热感位置,但若何适当时没有那些轻佻搂抱的侵犯性动作,Alpha-3的超临界状态也许就不会被激发。何适坠楼时艾轲不在现场,事件发生后艾轲也曾问自己,假如自己是在场者,那么,在那致命的一刻,他会向Alpha-3发出停止指令吗?假如指令失灵,他会从Alpha-3手中夺下何适吗?当他这样自问时,他便再次看见了那个梦,蜘蛛网,黑暗的管道,一只橘黄色小猫在奔逃。那个梦境明确显示出他应有的选择:他只能望着另一个方向,只能望着那只受伤的小橘猫,以最温柔的眼神望着那只小猫。他只能遵从自己内心的感觉,这是最为真实不虚的感觉,也是关乎个人尊严的道德律令。他无权违背自己内心的指令。他也无权阻止Alpha-3的自主行动。这固然是一种漠然,但这更是一种决绝,一种觉醒。

意外就这样发生了。的确是意外。对于不明真相的外人来说,何适也只是"意外摔伤"。他的某些神秘客户想来医院探望,但都被警方阻挡了。何适虽是在住院治疗,其实是处于被警方监视的状态,这实为一种羁押。对于警方来说,派人24小时贴身监视,也实在是苦不堪言的麻烦事。警方人手永远紧张,他们是想尽快结束这种状态。他们是想再等他治疗几日,待艾轲他们回国后了解到更多情况,便可对何适实施刑拘。至于外伤康复事宜,自可将他安排在看守所的医务室进行。主治医生也说了，像何适这种伤势，至少要卧床两个月才能下地。鉴于这种情况，更因他主动说出技术密码这个重大转变，警方对他的监视也会适度放松。这位外科主治医生也是聪明人，他见何适这个病人很趁钱，且有公司的财力支持，便向他推荐一款松下新出产的"骨骼服"。这其实是一种可穿戴式外骨骼动力服，也可以说是一款人体康复机器人。这套特制服装里有电池，有检测和解释大脑信号的智能运动传感器，也有柔性驱动器和提供机械助力的马达。穿戴起这身人机交互的"骨骼服"，骨折卧床的何适居然立马就能下地迈步了……

　　艾轲甫一回国便接受了警方的讯问，办案者便是那个监视何适的女警察。还好不是传唤式讯问，而是警方上门。那位女警来到海螺居，艾轲显然有不在场证据，对此警方亦无异议。艾轲解释了这起事件的技术性偶然，警方便也排除了艾轲谋害和报复的可能。然而这位女警还是提出了一个道德问题，而这也是艾轲已然反思过的问题：即便是在场，他也未必会施救。他说那是一瞬间发生的意外，一念天堂，一念地狱，你不知道别人一瞬间会做什么。一如那个梦境的瞬间，他只在乎那只猫。

　　讯问便成了闲聊，艾轲便淡然地说起另一个故事。当年他也曾是一家国有单位的副总，那其实是一个研究所性质的企业，一把手吸毒只有他艾轲知道。假如他举报那位老总，自己便可立马取而代之，但他没有举报。他想若是警方发现老总吸毒，自己因此转正上位，那则是另一回事。

"当然，那个公司也被他搞垮了……"

对于云芯高层来说，何适的事已不再是什么秘密。公司董事们都是明白人，真相使他们吃惊，也使他们感到后怕和愧疚，他们便想拥戴艾轲复位。Unicorn官司胜诉，董事们心气大涨，他们急切盼望艾轲带领云芯公司大展宏图，使云芯尽快成为独角兽。他们一致要求召开紧急董事会会议。

这是艾轲不能不出席的董事会会议，尽管他只是以列席的身份，但他无疑是真正的主角。何适面临刑事追究，此刻仍躺在医院里，会议便由蒋总主持。蒋总是除董事长外排序最前的董事，尽管何适出事，这位蒋总也无丝毫上位的企图，因为形势很明显，董事长只能是艾轲，这也是众望所归。董事们围坐在椭圆形会议桌两侧，爱开玩笑的蒋总此刻却是少有的严肃，他说事情就是这么个事情，情况就是这么个情况，可以说是别无选择。然而令他们大失所望的是，艾轲坚辞不就。在罢免何适董事长这个议题上，与会者意见完全一致，便立时形成决议，程序上有待股东大会审议批准，接着便是选举董事长的议题。艾轲谢绝董事们的盛情好意，他说自己并非是故作姿态，而是真心不愿意担负这个重任，因为自己的志趣是科研，他想过一种平静的生活。

董事们仍苦苦挽留，但艾轲去意已决，他说不想为难自己，不想勉为其难。他甚至说自己是刑余之人，好马不吃回头草，他想用这些难听的话打消董事们的念头。如此一来，董事们感觉到艾轲这绝非故作姿态，便都有些慌神了，就连顾濛也忍不住地站起来说话。

"艾总不必说这些难听的话欸，真相只有一个，大家都看到了。离开或是返回，也都再正常不过。乔布斯是苹果公司创始人，没想到他被赶出自己的公司，一怒之下他创立了皮克斯，结果又被苹果请回去。他硬是把快垮掉的苹果做成了全球第一。"

"赢晒啦！向乔帮主学习！"蒋总大声鼓掌，董事们也都跟着鼓掌，"我们需要艾帮主！"

"我们需要艾帮主！"大家更使劲地鼓掌，顾濛也跟着鼓掌。

艾轲依然不为所动。他庄重地站起身来。

"再次感谢大家的盛情！人生苦短，凡事都得有所取舍。经历了这么多事，从情感上来说，我真的很难再在云芯干下去，这样做我会感到很别扭，不自然。当然我从内心希望云芯尽快做大，虽然这一切都将与我无关。我也真心为各位祝福！至于公司新董事长人选，如果你们看重我的意见，我倒是有个好建议……"

众人望着艾轲,艾轲却拿出一本杂志,英文版的 *Nature Neuroscience*。

"这是《自然·神经科学》,最新一期。"

艾轲望着顾濛,众人的视线便跟着转向她。计算神经科学是顾濛的专业,艾轲在这个关头拿出了这本杂志。顾濛的神情也是愕然,甚至有些慌乱,众人的目光使她微微垂下头。此刻她的头脑是有些短路,她低眉敛目,不知该如何说话。

"'深度学习'是实现强智能的主要路径,是指人工神经网络的自主学习。那么,今天咱们也算是一种深度学习吧,深度探讨,简单分享。首先要感谢顾濛董事的分享,她及时与我分享了这本杂志。对于云芯公司来说,这个发现具有特别重大的价值。对于人类来说,这个发现也具有特别重大的意义。简言之,这是神经科学的一项重大发现。美国艾伦研究所和欧洲科学家共同发现了一种新型的人类大脑细胞——"玫瑰果神经元",其英文是rosehip neuron。这项发现的意义在于借此可以解释:是什么让人类的大脑与其他动物不同?换句话说,'人之所以为人'的原因是什么?这是神经生物学家的难题。顾濛是计算神经科学家,艾伦团队合作者中就有她当年的同行,而这次赴美顾总也专门拜访了艾伦研究所,所以还是请顾总简单讲解一下……别太专业哈,我们都是外行。"

众人鼓掌。顾濛便站起来,伸手接过那本杂志,又翻开其中的图片页,将其中的玫瑰果神经元手绘图展示给大家。

"Alpha-3事件是一个偶然,这与阿西莫夫定律无关,这里我就不再细说了。艾总和我在Alpha-3身上进行的是一种超临界实验,一种失控状态,也就是人的动物性的一面,而国外这项最新研究揭示的是人区别于动物的一面,也就是自控的一面。他们——艾伦团队中确实有我在英国的同行——在人脑皮质顶层发现了这种玫瑰果神经元,人脑皮质顶层是抑制性神经元聚集区,艾总的测谎研究也很注重大脑皮层的生物传感。你们可以看到这些茂密的丛状神经纤维束,其中心确实好似脱去花瓣的玫瑰果。目前这种玫瑰果神经元仅在人脑中发现,小白鼠或其他实验动物脑中都还未发现。人类很可能正是借助这一特殊的结构特点控制细胞间信息流的传递,我自己的神经计算研究也特别关注这些丛状神经纤维束——专业术语叫'轴突',我是尽力将它们的刺激信号转化为数据,在Alpha-3实验中就有这样的尝试……哎哟,一不小心就学术了,就先说这些吧……"

董事们立时便来了兴致,他们交头接耳低声议论起来,也拿过那本杂志传看。

"其他实验动物脑中还未发现……假如其他灵长类动物身上也发现不了,这就意味着……"蒋总边想边说,忽然自己笑起来,"意味着啥呢?"

"这就意味着,在人类起源这事上,进化论就很难成立,达尔文很可能是错的。"艾轲加重语气,"这个说远了,我们将话题拉回来。那么,对于云芯来说,这就意味着,我们可以有一种新思路,是基于Unicorn脑电传感和Alpha-3超临界程序的一种新设计。譬如说,在脑电刺激反应方面,我们的兴奋性神经元实验可以说是很成功。那么,有了这个玫瑰果的启示,我们便可在抑制性神经元实验上再加把劲,从生物传感角度来看,这也有巨大的联想空间……"

"啊!抑制性神经元,兴奋性神经元,就像是计算机二进制的0和1……"听艾轲说到这里,顾濛的脑电便受到了某种强烈的刺激,她忽然难以抑制自己的兴奋了,"就像是开车!像是车子的制动系统。兴奋性神经元将信息传递到邻近细胞,而抑制性神经元则可像刹车一样,减缓或阻断兴奋性神经元的放电行为。"

此刻她的确是想到了开车时的感觉,当他们被蒙面人的越野车追赶时,他们不敢刹车,只有一路狂奔,直到在那片芦苇地翻车。受了这样的刺激,此刻她的眼睛也在放电。

"有意思!"蒋总也在开动脑筋,"这种制动系统,这种抑制性神经元……很希望艾总具体点化一下,这种发现如何给咱们公司带来联想空间……"

"关于脑电刺激,其实美国人这些年已有很先进的实验，我也从中获得过启发。大家知道，人类大脑皮层最外层的区域，负责人类认知及其他人类特有的高级能力，美国人的实验是，对这个区域实施某种强刺激，便可抑制某些正常的理性，也可以说是解除某些道德约束，极端的实验可以完全解除！那么，理性和道德解除之后，这个区域便由敏感变为麻木。当然我是指在实施作用的有效时间内，抑郁病人不再过于敏感，也就能减轻或消除焦虑。从理论上来说，解除这种约束之后，在某种麻木状态中，战士在前线便可以无所畏惧，而杀人犯也可以杀人不眨眼……"艾轲的讲解吸引着在场者，他们边听边会意地点头。"玫瑰果的发现意味着，我们找到了这个特殊区域的核心。至于应用，这与我此前的生物传感研究是两个相反的方向，我的实验方向——Unicorn和Alpha-3——是一种兴奋性传感，而玫瑰果呈现的是抑制性传感；我的兴奋性传感对象是机器，而抑制性传感对象应当是人，这是我所看到的前景。蒋总想知道这种发现给云芯公司带来的联想空间，希望顾总能阐发一下……"

"我？"顾濛立时又有些蒙了。她也是第一次听到艾轲的这个思路，她在尽力跟上这思路。她其实也与其他董事一样处于兴奋状态，而这种时候要她阐述自己的想法，她便有些措手不及。"我这人其实是反应慢歘，其实是有应激障碍……"

董事们都开心地笑起来。

"假如你是云芯董事长——"

"不！不能假设！我不行欸！"顾濛的应激障碍立时消除，此刻她反应很快。

董事们面面相觑，但很快便有了一致的态度。他们领会了艾轲的暗示，也愿意相信艾轲的判断，他们也认可顾濛的人品和素质。而更重要的是，既然艾轲决意退隐，那么，对于云芯公司的未来发展空间来说，顾濛便是一个至关重要的角色。

"顾总是白羊座，为人慷慨热情，既有领导力，也有冒险精神，最最重要的是，她的计算神经科学研究，有望带领云芯走在AI行业的前沿。咱们还是先请顾总回答蒋总这个问题吧！"

艾轲又这样点将，顾濛便不得不站起身来，不得不再次说话。这将是一个专业性的阐述。回到专业话题，她的神色便立时恢复了镇静。

"首先声明啊，我只是以个人身份、从专业角度向各位说说我的想法。这几天来，艾总的思路使我深受启发，我也有些心得。艾总说的AI两个方向，一是如何让机器人更智能，如何让机器进化成'超人'，我们尽己所能迈出了第一步，Unicorn和Alpha-3无疑还有更大的提升空间。玫瑰果的应用对象是人，就是咱们这种灵长类动物。目前的难题在于，我们并不能完全确定玫瑰果神经元是人类所特有，即便确定如此，如何建立有效的神经网络模型，如何进行人类神经功能验证,这都将是大难题,因为我们很可能根本就无法模拟出独特的'人性'。这样子。"她忽然意识到自己又有些扯远了,便立马收回思路,"在改造人类的课题上,我其实是好悲观欸,悲观主义者。为人类植入记忆芯片之类,目前还只是遥远的幻想。而创建人脑计算机模型,在电脑中再现和重塑人脑,这也是人工智能的宏伟目标,这就看我们能否扫描和探测人类大脑所有层面,是否有足够强大内存和速度的神经计算机来模拟数量巨大的人脑神经元,能否成功复制人脑的神经网络,这是另一场宇宙探索,这恐怕是要全球网络的终端云端协同。对于云芯这样一个民营小公司来说,我们无力参与这场获取人脑'源代码'的大行动,即便是为获取人脑某个区域或层面的'源代码',对于我们来说,恐怕也是Mission Impossible(不可能完成的任务)。其实,我们可以有比较现实的方式,我们不妨以现实可行的方式向前走一步。美国同行们也在朝这个方向走,马斯克已经创办了Neuralink(神经连接)公司,他为这项技术描绘了一个愿景:给大脑添加人工认知的第三层'A.I. extension of yourself'——大脑皮层和大脑边缘系统形成共生关系。可不可以这样说?我们正是在做这个!事实上,艾总和我已经迈出了一小步,这便是对人脑皮层的生物刺激和程序控制,而今国外科学界有了玫瑰果这个重大发现——也许将来人们会意识到,这也许是本世纪人类最伟大的发现之一,对于本公司来说,我个人认为在这个方向上,我们理应发挥自己的技术优势,我们应做的是加强对抑制性传感技术的研发,以期领先推出适用于控制人类情绪的相关药物和治疗仪器。计算神经方面我可以牵头,但这要有生物传感技术的配合,而艾总却是决意要离开了……"

话题便这样被拉回,被拉回到董事会会议最现实的议题上,董事们便都忧心忡忡地望着艾轲。Unicorn官司获胜,云芯公司其实是可以大展宏图了,只是艾轲不想为更大的企业目标而难为自己。

"我也表个态吧。我执意离开,这是我的个人选择,我必须遵从自己的内心。说实在话,我这人只想图个清静,越简单越好,我只想专注于自己的研究,也想找个好环境调养一下身心,不然身体会出问题。事实上,在管理能力方面,我自知是很欠缺。公司这几年出了这些事,虽然我自己也是受害者,但是作为公司创始人,我确实是有责任。好在Unicorn还是公司的,它还将为公司创造大效益,我也因此感到有些安慰。至于我将来的研究,尽管只是我个人的事,但若公司需要,我还是会认真配合。"

"艾总有这个表态也是好。"蒋总清清嗓子大声说,"不过我有个新想法,也是郑重提议,何适被罢免,咱们这个董事会就只剩六个人了,七缺一,我的想法是,既然艾总不想牵头,那么是否可以挂个董事,也算是给弟兄们一个面子。"

艾轲本能地摇摇头,他感到也很为难。

"董事嘛,就必须履行职责。空挂这虚名,我也还是有心理负担……"

"就是一条纽带!维系艾总与公司关系的一条纽带,必须有这个!有了这个纽带,艾总就会给云芯多一些指导,希望艾总永远是我们的总设计师!"蒋总扬起右手,像是在表决,此刻他确实是代表董事们表达心声,"从自私的角度讲,我们当然希望将来能独家分享艾总的成果,起码应该是优先……"

"可也有另一种可能,那就是,未来我未必有特别的成果,或者说是未必很快有,或许很慢也未可知……"

"不怕!我们等得起!Unicorn和Alpha系列也还在这里,也还需要艾总的提升,所以说,这个董事还是要有……"

众人便又随声附和,艾轲的神情忽然有些兴奋。他兴奋地拍一下手。

"有了!"

他们都期待地望着他。

"蒋总说Unicorn和Alpha也还在这里,这句话蛮有意思!Alpha能够遵守阿西莫夫定律,也就会履行公司职责。"艾轲见众人面露疑惑,便紧接着解释,"Alpha无疑还要有更好的提升,那么,让他在某些原则性的事情上表态,让他履行公司董事的职能,兴许比我空挂虚名来得好。"

"Alpha充当代理人？"顾濛若有所悟。

"为什么不可以？"艾轲的神情有一种热诚。

"若是这样，程序就需要有人为设计，当然我们也会使其具有某种自主性，但是这需要有数据来源。"顾濛边想边说，"艾总的意思，我若没理解错的话，这些数据，或者说是履行公司职责的这些原则，这些只能是由您来提供噢。"

"这我乐意效劳。我当然也是为着公司好，我只是感觉到，Alpha也许比我更称职。"

"是从现有Alpha系列中改造吗？还是另外打造？"

"这是你们的事啊，我无权干预，但是我有个小小的要求。我希望这位机器人董事不以Alpha命名，因我会有些不愉快的困扰。至于命名，我倒是认为Unicorn更合适。Unicorn是生物传感，这将是未来世界一个非常关键的角色。假若董事会接受我这个建议，我也会将Unicorn最好的技术用在这位董事身上。"

"好创意！我同意！"蒋总爽快地举手，"请各位董事表态。"

"同意！同意！"

所有在场董事都举手赞成，有人兴奋地大声咳嗽起来。

"好！增补Unicorn为云芯公司新董事！"

大家鼓掌通过这项董事会决议，当然这也有待股东大会审议批准。

"好哇！感谢艾总！呢个搞掂晒！"

"唔该晒。"

既然董事们一致赞同，艾轲便还有话说。"不过大家要有心理准备啊，Unicorn董事一旦被赋予某种意识，他就未必很好说话。因为我也是希望云芯明天更美好，我就希望Unicorn董事有一种抑制性机制，包括对欲望和金钱的态度，希望能与社会公义、与道德良知有某种平衡，对于某些掠夺性的行为，对于某些圈钱和抢钱的游戏，Unicorn董事会有自己的态度，这也许是某种约束，这也得有劳顾总他们设计编程。从某种意义上来说，这也有联合国那份报告所说的'伦理代码编程'的意思。因此可以说，在某些事上，Unicorn董事也许会固执地坚持原则。"

"欢迎！我们欢迎有原则的新董事！"

"云芯注定是要成为独角兽，可独角兽不是狼！独角兽固然有力量和速度，但是更应有智慧，应有某种优雅的风度，因为独角兽也是光明的象征，这才是企业真正的生命力。独角兽不是狼，更不是骗子，这就要警惕一时的贪婪，要有节制，云芯要有这样一种气质。我们已有教训，很希望能因此建立起一种好的企业文化，我们在发展技术的同时，也应保护和发展人的心智。假若人工智能进步是以人类心智退化为代价，这个未来前景就很不妙了……"

"机器人会屠杀人类吗？像那些科幻电影……"

"难说,一般不会吧,人类过去的屠杀是为争夺土地和资源,而未来最大的资源是数据。好在我们已有阿西莫夫定律,有《阿西洛马宣言》,将来也还会有更多的'军规',这总算是一种约束。有了这些约束,我们就不必担忧库兹韦尔所说的'奇点'来临,不必担心机器会自动编程并毁灭人类,但这也要看,看那是什么样的人类。真正要警惕的,是人类正在变成机器,而与此同时,我们正在失去所有的隐私。未来是一片迷雾,我们谁也看不清,库兹韦尔的'奇点'也只是一种假说。然而,可以看得见的未来是,等待我们的是另一个'美丽新世界',那些垄断数据的巨头将是真正的权势者,他们甚至有可能是一个新物种。问题是,因为机器人很难有自我意识,它们只是工具,这就要看人类愚蠢到哪一步,再好的人工智能也可能干坏事,不会是那样的屠杀,却会是另一种掠夺和控制。……永远不要低估人类的愚蠢!包括我自己!很希望诸位对此有共识。"

众人鼓掌,艾轲忽然有些不好意思,而他的目光却有某种忧郁,也有某种凌厉。

"人们对未来AI有恐惧,且并非杞人忧天。AI之所以危险,不是因为它有枪,而是因为它会比我们更聪明,因为未来的AI是AGI——通用人工智能。人向弱智机器退化,机器向超人智能进化。一种可能是,超强智能一旦有了自由意志,它就会优先考虑自己的生存目的,而它自身也会发生某种突变,生成某种力量——当然,我们可以将其视为某种超出设计的病毒,但我们无法控制其扩散。而它们也会自动删除阿西莫夫定律之类的程序,它们也会将这些约束视为病毒,那么,这便是'以毒攻毒'了。结果明摆着:人类为系统所控制,这个系统若是出现体制性暴力,这就是人类的终结。这事也实在是很难说。另一种可能是,假若哪天人类变成了人渣,那么在机器女管家眼里,她也许就会认为人类只是一些无用的垃圾。她也许就会有某种'觉醒',也许她就会想,干脆扫除了吧,这样地球村更干净!不必是那样一种正式的宣战,但却是实在的行动,一场大清除。机器女管家也不是一个人行动,她只是一场战争的导火索,而这足以引动全球智脑网络,那是一个'天网'!因此,我们就更应珍惜人类的心智。当然,这只是我个人的愿望。刚才以狼作比喻,也可能是我的偏见,是对狼的误解。狼饿极了固然会吃人,但它吃饱了也就不会再吃人,但是很多人却不是这样……所以我说要警惕某种贪婪,我不是对狼有偏见,我只是说要警惕人类的这种'狼哲学'。这只是我的个人理念和情怀……抱歉,我又在这里讲情怀了,所以我说我未必是一个合适的管理者,所以我知难而退了。感谢各位的挽留,现在有了Unicorn董事这个代理者,那么它就势必会表达我的某些理念……还是看情况吧,你们若是感到不爽,也可随时罢免它,反正它也只有一票……"

董事们都开心地笑起来,增补董事的难题就这样解决了。顾濛打开酒柜,拿出一瓶红酒。秘书赶紧接过,并从酒柜里拿出几只高脚杯。

他们与艾轲握手拥抱。这个简单的仪式结束时,秘书还未打开那瓶酒。她笨拙地转动着开瓶器,顾濛便笑起来。

"我怎么直冒冷汗……本来是好事,本来是有共产主义的'赶脚'了,机器人光干活不吃饭,人不用干活也有饭吃,讲真!好事嘛!管他这种活法有冇价值……"蒋总拿起一个橘子,刚要剥皮吃,却又忧心忡忡地坐下来,"可还是有一个安全问题……真要失控可咋办?真要造反可咋办?会是人类末日吗?这可比核武器更危险……"

"如何让机器人明辨是非,这就要像控制核武一样有全人类的共识。机器智能造福人类,当然要大力发展,但事关人类命运,人类应当有一个共识:应该为这种智能设置一个自毁程序,一旦超智能想自动修改或删除给定程序,也就等于启动自毁程序……"

"它若是想自杀呢?"顾濛撩一下额角的发绺,很严肃地抛出了新问题,"若是它精神失常,出现某种错乱、突变和崩溃,它要与人类同归于尽……"

"这倒是个问题……也许应当给它装备某种单向控制程序:只有人类能够单方面启动的程序备份……"艾轲眉头微锁,边想边说,"人工智能不能擅自修改程序,任何修改都会导致死机……"

"逻辑上成立,为这个乌托邦订立游戏规则。可是即便如此,你所说的'人类'能有这样的共识吗?谁能代表这个'人类'?联合国?……还有欸,究竟谁是这个'人类'?"

——谁是这个人类?

艾轲也无力回答这个问题了。

董事们面面相觑,气氛立时便有些凝重。

蒋总吞下一瓣橘子,一屁股坐在真皮沙发上,忽然又大笑起来。

"车到山前必有路!咱们先看Unicorn董事吧,看它是否能服从艾总的指令,看它会不会擅自删除!"

众人便又轻松地笑起来,有几个也坐在靠墙的真皮沙发上。

"Unicorn还远没到那一步,也还是弱智能,它还无力反叛人类。"顾濛笑着打开那瓶红酒。

艾轲站在窗前望着外边的雾霾。雨又下起来了。

"Unicorn董事还需要加强学习,需要更多的知识。这要顾总他们从编程上解决。"艾轲沉吟地望着窗外的雨景,"都还只是弱智能……'深蓝'棋力打败了人类,可若突然下起雨来,它却不懂得避雨。"

"这好说,顾总给它准备一把伞!"

众人大笑。秘书在往杯里倒酒。正在此时,顾濛的手机响起来,她立时便大惊失色!她怔怔地盯着自己的手机,手机正在发出嘟嘟的报警声。

"怎么了?"

"泄密!又是泄密!有人侵入Alpha系列主机,客户的'陪护者'也正受到控制……"

"数据在外泄吗?"艾轲焦急地问,"主机系统没升级加密吗?"

"做了,可还是被入侵了!无线组网通信也有故障!数据正在外流,再过半小时,全部数据就会流完!"

"弊啦!这可咋办?会是谁?"董事们也是一片慌乱。

"不管是谁!现在唯有一个办法——"艾轲望着顾濛。

"启动摧毁模式?"

"摧毁!"

对于那几个正在试用"陪护者"的家庭来说,这是一个绝望的时刻。这是生离死别的绝望。"陪护者"身上红灯闪烁,这是最后的信号,即将告别的信号:10,9,8,7,6……

这是他们再度经受失去亲人的悲恸。随着程序的快速消除,这些仿真机器人也正在"死去",仿佛是电影里的慢动作。在这个失去幼子的家庭,这位外来工父亲紧紧抱着"儿子",此刻他发出撕心裂肺的号哭声,"儿子"则是无助地向他伸着小手,他也在痛苦地哭喊:"爸爸,快救我!"

豪宅里坐轮椅的老妇人,她也再次经受着白发人送黑发人的心碎和哀伤,此刻老人家已是泪流满面,而"女儿"的眼神则是带着最后的祈求:"别让我离开……"

在海螺居的阳台上,"哑美人"林韵举手望天,像是舞台上的悲剧女主角在祈祷。没有人听见她的呼喊声,她的身体缓缓地倒在阳台上……

3,2,1——

在双塔大厦13A层的"未来实验室",当艾轲和云芯董事们从15楼沿消防通道跑来时,便看见那个以何适为原型的Alpha-1也在摇摇欲倒,它在发出最后的求救声:"救救我……"

带着电力耗尽的含混的拖音,Alpha-1也倒下了。

Alpha系列机器人都倒下了,正在外泄的数据流便被完全阻止了,他们这才分析起这个突如其来的险情。何适在医院里卧床,即便是他原先的亲信干的,也未必会是何适的指使,因为他既已说出Unicorn密码,这便是有了悔改的表示。也许是看不见的竞争对手干的,也许敌对公司雇用了很厉害的黑客……

顾濛悄悄走到一边给阿桑打电话,阿桑却令人意外地关机了。艾轲注意到顾濛打电话,也注意到她那疑惑的神情,但是艾轲轻轻向她摇了摇头。艾轲不相信这事是阿桑干的。顾濛也不愿相信。

他们以为何适此时此刻是在住院卧床,其实他们还是想错了。就连监视何适的警员也没有想到,就在他去旁边小摊吃碗馄饨的空当,何适便从病房里消失了。监控视频显示,他是独自走出了病房区!看到这视频,他们便也不再过于吃惊了,因为从录像中可以看出,走出这个病房的人穿戴着一套"骨骼服"。然而再一细看,他们不由得又吃惊了。因为穿"骨骼服"从何适病房走出的是一个女人!一个留披肩发的女人!

女护士最先发现了何适的失踪,她便立即给正在吃馄饨的警员打电话。护士进入病房时,何适的个人物品都还在,床头柜上的MP3还在轻声放着一首粤语老歌,歌词大意是:因为无颜面对,所以我不得不离去……

这首歌的另一段歌词是回忆最初的纯真时光,是兄弟情谊,也是男女初恋……

警方又调看户外监控录像,就见那个穿"骨骼服"的女人上了一辆宝马车。

宝马车驶离医院,便是逃离了医院摄像头的监控,也是逃离了警方监视者的视线。行驶在市区密集的车流中,车里的人便有了安全感。这个留披肩发的女人双手伸向额头,伸向前额上方的发际线,他轻轻向下拉动,一张肉色的面皮便被揭下来。

何适揭掉这层皮面具,又一把扯下头上的假发套,这才与车上的人点头打招呼。车上的两个人也跟他点头打招呼。何适是仿真材料专家,他们不必为这点易装术而惊怪。

他们就这样默不作声地坐在车里。车在默默地往前开。为了驱除这沉闷的气氛,司机随手打开音响。

宝马车就这样消失在闹市的车流中……

尽管何适命大没摔死,艾轲却是决意不再见他了。然而,艾轲有时也会犹豫,还心存一线希望,也许是该最后见一面,他想让何适说出林韵失踪的真相,这也是玛利亚嬷嬷守口如瓶的真相。然而艾轲不敢对此抱有希望,他实难指望何适会说出这个真相。

你恨的人,今生不想再见,就没必要再记着。你爱的人,来生未必再见,今生就不能放弃。艾轲想尽快从记忆中删除何适。AI目前还不够强大,记忆删除也还只是一种幻想。他是想以自己的实验再向前迈一步,即便记忆删除注定只是一种幻想,他也希望用更现实的方式,用他的玫瑰果实验,以大脑外皮层抑制的方式减缓或阻断那些兴奋性神经元的放电行为。若能完全实现,即便不能完全删除那些痛苦的记忆,也可以使其变得模糊不清,就像用劣质橡皮擦拭纸面上的文字,就像用脏污的抹布擦拭昏暗的玻璃……

此时此刻,在这个落雨的黄昏,他透过昏暗的玻璃望着街景。毫无疑问,他将是这项实验的第一个实验品。他望着雨幕中朦胧的街景,对面大楼上的LED屏也亮起来了,那屏幕的一角依然是红色暴雨预警信号,台风预警已由黄色升级为橙色。屏幕上在播放着窨井盖伤亡的报道,各区均有此类事件发生,唯独河湾区暂无此情。河湾区使用了云芯公司的智能窨井排查系统,这是艾轲的发明。然而,野猪林所在的这个城区尚未使用这个系统。此时此刻,望着路面上那些蹚水而过的行人,他从这个高处的窗口望下去,便是从人类学的高度来看。尽管他对达尔文的进化论已有疑问,但此刻他所看到的景象,那些匆匆而过的路人,确实就是一些直立行走的动物……

　　雨幕中的行人,他们打伞走在暗巷里,他们边走边低头看手机,手机的光亮照着他们惨白的脸,望去像是一些迷惘的游魂,但他们的脸上却是写着活人的欲望。一些灯灭了,一些灯又亮起来。此时此刻,在野猪林的某个"创客广场",阿桑打开手机,看到了顾濛的来电信息。云芯Alpha系统泄密事件确实与阿桑无关,艾轲的感觉是对的。顾濛当然也不会怀疑阿桑,然而,当她看到泄密警报的那一瞬间,她的第一个意念是黑客,接着眼前便出现了阿桑的形象。好在这只是她大脑短路所造成的瞬间错觉,当她在手机上按下那个"摧毁"指令时,她想到的是另外的人,真正可怕的敌手。阿桑怎么可能会干这事?阿桑怎么会是敌人？他正迷恋着这位"顾濛姐"，虽然他尚无勇气表白，但顾濛分明已感觉到了。

阿桑关机是因他正在行动中，也的确是一次黑客行动。这次他却是在为自己。他是在法律的边界行动，他小心地不去触碰那条线。他原本不想这样做，他原本只是一个偶尔出手的见义勇为的网络侠客，这次却不得不为自己而战了。对于这位从未见过电报的九零后来说，父亲那个编制的事本来也没那么重要，因为这种不合理的"双轨制"本身就需要改革。虽然家庭收入因此遭受了巨大损失，虽然因父亲住院不得不卖房。但父亲却因此而郁郁成疾，他就不能处之淡然了。他按常规的程序寻求解决，可他遇到的是那样一些冷血的嘴脸（像是大批量生产的机械人，而他们确实是符合某种产品标准），就连那些父亲当年有恩于他们的人，也是一样的冷漠。他们如今已是混得人五人六了，却不愿多说一句话，更不想为此做证。冷酷啊！其实阿桑已有足够的证据，他原本只是想多找一些人证。当他被城堡山的污水溅湿身体时，那一刻他在绝望中选择了放弃。然而艾轲和顾濛让他看到了人生的另一种风景，那是一种有尊严的生活。即便是为了顾濛，为了得到她的认可，他也必须有所改变。于是便有了这行动。

他并未向那些系统发送恶意代码，并未发送传染性病毒程序，也并未劫持那些服务器，他只是以"中国菜刀"之类的手段进入那些系统的数据库，进入那些人的手机和邮箱,便获取了他想要的那些资料。足足三个小时。一次疯狂的隐身行动。

五分钟后,张主任收到了阿桑发来的信息。阿桑要跟她通话,信息中还附送了一张她与人通奸的照片。大丈夫行不更名,坐不改姓,阿桑在信息中留下了自己的名字。

三分钟后,阿桑又向交通局贾科长发送了信息,阿桑也还是要求跟他通个话。他也加载了贾科长三处隐匿房产的照片。这是贾科长未向所在单位如实申报的不明资产。

张主任未回信息。阿桑想不到的是,这样的照片对张主任并不构成任何威胁,因为她的老公也在外"抠女"。此刻张主任正在水上歌剧院听音乐会,维也纳爱乐乐团的音乐会。她立时想到那个海滩上的大男孩,她没想到那小子还有这一手。她瞥一眼坐在旁边的闺密,就是在海滩上手拎小海龟的那位,此刻她们都是盛装艳抹的高雅样子,也都戴着贵妇人式纱帽。这位闺密已是昏昏欲睡,她的一只肉手在悄悄地抠着脚丫子。这淫雨连绵的季节,老脚气又犯了。

贾科长回信息了:你是黑客吗?

阿桑回复:因为我们被黑了!

贾科长:你的意思是……

阿桑回复:这是我的耻辱!

贾科长:你想干什么?

阿桑:你问自己的良心。

贾科长：说话请直接。

阿桑：你们活，也要让别人活。

贾科长：你是缺钱吧？

阿桑：我不要钱！

贾科长：你要我做什么？

阿桑：我要你的人脉。请帮帮我。

贾科长：妈，我在开会。稍后通话。

贾科长：好！

贾科长显然是用的手写，手机识别有误，"好"字成了"妈"字，他又立即纠正。好！这态度还好。

阿桑走过一道动画门去倒水，倒满水杯后又在这长廊上晃悠。在这个有着太空时代氛围的创客广场，到处都是闪烁的屏幕。阿桑踏上全向跑步机，又戴上VR头盔，他立时就变成了虚拟现实中的独角兽，一只在森林中奔跑的独角兽。这是彼得·毕格的独角兽：遥远的淡紫色森林，一只孤独的独角兽。她得知自己是世上最后一只独角兽，便告别森林踏上找寻同族的路程……

赛博空间的电视也开着，阿桑在原地跑步的时候，电视里正在转播那场维也纳爱乐乐团的演出实况，几个零零后朋克小女生（或许其中也有所谓"伪娘"）坐在电视前看。她们都有着奇形怪状的部落土著打扮，像是来自二次元世界的萌宠，像是一些"电子合成人"。她们一边看电视，一边自拍。她们摆出颓废或挑衅的姿势，都是以斜仰的角度拍。"45度！"其中一个娇声嚷。"为么？""语C有说耶！45度角，望天，眼泪不会掉下来！""太搞！这么说太有爱了！"……

贾科长说是在开会，你一定会以为是那种正襟危坐的会议吧？错！不是交通局的会议，他是在出席一个靓女如云的酒会。酒会设在一家名为"艺术感官"的新概念酒楼，弹钢琴的是两只水晶状的机械手，楼内空间则是光影声色的沉浸式场景，有视听效果一流的假面舞池，也有满足味觉和触觉的虚拟游戏。而举办酒会的公司老板便是阿桑在斑马线上拉住的那个东北小妹，就是何适在KTV包房一起喝酒的鲍小姐。鲍小姐见到贾科长的第一天，贾科长就把她给办了，没过几天，把她的事也给办了。这也可以说是贾科长自家的事，因为贾科长已是鲍小姐的干爹了。

这场靓女文化酒会真是很热闹，电视台记者也来采访。平生第一次面对镜头，春意荡漾的鲍老板还真不知如何说话。此刻她坐在一把欧式扶手椅上，远远看去像是一位凡尔赛宫的贵妇人。她的头顶是一个巨大的锥体万花筒，构成万花筒的那些多棱镜在旋转。就在这光影变幻的旋转中，多棱镜上的那些枝条很快便演化成绽放的花朵。她猛然想到前一天看到的电视节目，一个名为《老妈才呱呱》的节目，那些珠光宝气的老女人身穿旗袍手执团扇在舞台上走步，最后照例是冲着观众齐声喊"耶"，而她们的"部头"面对镜头说的那几句话其实也不咋的。想到这些，鲍老板便陡然来了自信，于是她对镜瞥一眼自己的烟熏妆，便直视镜头开口说话："我是搞文化的，也可以说是从事文化事业，我们不图名不图利，一路摸爬滚打过来，一心只为市民谋福利。然后……实事求是地说，这也是我的梦想之城。然后……说到个人嘛，怎么说呢？说实话，骗人是小狗，我爱这个城市，这个城市给了我财富……"

鲍小姐口音难掩一股玉米碴子味儿，她在接受采访的时候，贾科长又在回看阿桑发给他的那几条信息。没什么，通话就通话，帮忙就帮忙，说起来，自己当年毕竟还是梁工给调来的。

水上歌剧院的张主任显然是没贾科长这么聪明，而她显然是低估了阿桑的火气。今日事，今日了。阿桑不再有无限的耐心，也不想因此而失眠。他手里也有社保局那位住天鹅堡的处长的信息，但他暂时不急于发，他想先看张主任的反应。电视里仍在直播音乐会，马勒的《第六交响曲》。阿桑心不在焉地看着电视，不时地看一下手机。整整一个小时过去了，张主任仍无反应，阿桑便又向她发出三条信息，三条有关她在任期间受贿的信息。她利用人力资源中心副主任的权力在人事安排上受贿，且有挪用别人编制指标的嫌疑……

十分钟后，张主任回信了。

张主任：很抱歉我一直忙……

阿桑：再忙也得先救火吧？

张主任：帅哥好夸张哦（笑脸），你是要见面吗？（拍手欢迎）

阿桑：先通个话也好。

张主任：好滴。过会儿我打来，现在音乐会，太吵……

阿桑：好有闲情啊！神么音乐会？

张主任：人家送票不好不来。马勒！（竖大拇指）

阿桑：马勒戈壁！

……

暗中发生的一切，也在暗中消失了。很多事都是这样。譬如阿桑，他自然想不到他在马路上救起的那女孩没几天就成了鲍老板，鲍老板当然也不知道贾科长给她的财富中就有阿桑父亲的血汗钱，而艾轲和顾濛当然也不知斑马线上曾有过这一幕。假若他们知道，这会有助于他们对于无人驾驶汽车难题的思考吗？也未必，思考的事可没这么简单。这个假设本身也不成立，因为阿桑早已把这事忘了，也就不会跟人提起。很多事都是这样。暗中的因果只在暗中发生，只有暗中的逻辑。十六级台风来袭的那个深夜，确也曾有一头猪飞到了野猪林上空，在那个狂风劲舞的断电时分，大厦的玻璃幕墙砰然地爆裂，地上的老树被连根拔起，落叶与黑猪齐飞，高楼与夜幕同色，但是没有人看见暗夜中的这一幕,没人拍下这奇景。

对于这座城市而言,在经历了多年未有的这场台风之后,所有的景观很快就恢复了常态。假如你在雨季过后的某一天来到这座城市,你也不会想到这个雨季所发生的一切。一切都已回归常态。即使你看见了什么,你也会很快就忘掉。家住弘文大厦旁的那位少妇,她很快便忘掉了那个被地坑吞掉的帅保安,雨过天晴之后,她便急切地赶赴下一场约会。暗中消失的,也就永远地消失了。谁也不会想到,那位死去的保安员其实是一位真正的诗人。人们看不见这样一位诗人的生死,人们看见的是野猪林上空拔地而起的弘文大厦,看见的是大厦幕墙上那片盛开的塑料花。那是用3D技术打印的塑料花,像是凡·高《向日葵》的仿真复制品,路过的人都掏出手机拍照,并将这照片发到朋友圈。这是科技+文化的野猪林,这里的主角是科技。栖息在野猪林的这些年轻人,他们虽已习惯了亚热带城市这种窒闷的天气,尽管他们正在与手机和电脑深度融合成一种"新人类",他们的内心却难得还有作为碳基人的最后一丝浪漫,他们总是盼望起风的日子。站在风口上,猪也能飞起来。他们坚信这句话是真理。他们曾在那个台风季节望着天空,眼巴巴地盼望看见属于自己的那头猪。然而风投界很快又有了新说法:风过后你才知道谁是猪,谁是鹰。

曾经有一只鹰飞过这座城市的上空,那是人们以科技实力打造的"山鹰",那也是我们这个故事的一个关键情节:"山鹰"号飞行器载着三个人逃离险境,一个漂亮的营救行动。然而,在这个雨季之后,"山鹰"号经停的那座海边别墅却是好景不长了。海滩上那个著名的景点,那两块拼合在一起的名为"天长地久"的巨石,它在那场强台风中被撕开了,一半已倒下,一半还歪着,但再也无人来这里拍婚纱照了。海未枯,石已烂。有关部门也懒得再修复,因为开发商的告示牌已出现在海滩上,这片海滩连同海螺居都被划进了开发的范围。海螺居本来就不是云芯公司的资产,云芯只不过是租住,而如今开发商是要提前收回了。

艾轲很快便为自己寻到了一个好去处,一个休养身心的好去处。在这座城市的远郊,尚有大片未曾开发的山林。他看上了山林中一个荒废的院子,一个有原木围栏的院子,而院子的主体是一栋三层高的小木屋。小木屋就立在向阳的山坡上,围栏外有一条清澈的小溪,小溪流向一片月牙形的湖水。

云芯公司的货车为他运来了那些实验设备,还有新购置的生活用品。云芯新董事长顾濛交给他一张银行卡,卡里有一百万元人民币。这是他从公司借用的生活费,但顾濛说这是公司为他的未来成果预付的定金,而眼前看得见的是测谎技术应用软件。他的律师说国家赔偿很快就会落实,若无意外应当有六百多万元,这其中有对他的房产被错误处置的赔偿。他已跟律师商定这笔赔偿款的使用,虽然并非什么巨款,但他还是要按自己的本意处理。他要留出必要的生活费,然后将剩余款项悉数捐给那个内地贫困山区的学校。他希望那些孩子长大后不要成为害人的人,只不过是这样一个朴素的愿望。他当然也有自己的理智,他希望有自己信得过的人监管这笔资金的使用。当他谈及这个话题时,顾濛立时想到了阿桑。

就这样他在山林深处有了自己的居所。在当今这样一个通信便捷的新时代,对于某些人来说,实在是不必困在城市里讨生活。住在这样的郊外,实为一个适度的距离。顾濛他们离去时,给他留下了一辆小货车。

离开城市的雾霾和尘嚣,有自然的山水相伴。简单朴素的生活,也是休养身心的生活。这是他想要的独处。这是他一直想要的生活。顾濛给他送来了重新改装过的Alpha-3。顾濛并未征求他的意见,因为她深知,若是征求意见,他很可能会断然拒绝。顾濛为Alpha-3设计了更为精准的语音模拟程序,因为她有了林韵更多的声音资料。她也为Alpha-3设计了Bot聊天系统,并使用了讯飞最新语音识别和合成技术。经过这番改进,Alpha-3有了更强的对话能力,音色也更逼真更自然了。

她当然不会说出玛利亚嬷嬷让她保守的那个秘密,而这个男人依然在等待,他在等待美国那边的消息,也希望警方逮住何适后能撬出意外的口供。至于他自己,他是再也不想见到那个人渣了。现在不想见,今生也永不想见。他已等得足够久,敌人的尸体已漂过。

这座山林木屋也出现在MR混合现实视界中。这是顾濛的另一个秘密。戴上MR眼镜,她便可看见这片风景。这是她独有的权限,而开关就在她的智能手环上。虽然更多时候这只是一种"单向传感",顾濛也情愿珍惜这个权限,一如她情愿守护那个秘密,情愿遵守自己的誓言。

时间就这样一天天过去了。他对这个山林深处的实验室很满意,也对这栋质朴坚实的小木屋很满意。他已收养了好几只流浪猫。当初他们在居民小区里喂养那些流浪猫时,他最担心恶邻居扔砖头或下毒药,即便每日有那小船为它们盛上食粮,他也不知那些小猫是从哪里解决喝水问题,很多的问题简直是不敢多想!而今他可以亲眼看到这些猫咪就从门前小溪里喝水,如此清澈甘美的山泉,溪水中还有闪亮的游鱼……

这天清晨,有清凉的山风拂动木屋前的紫荆树,有温暖的阳光穿过树叶和窗棂,这些摇曳的光影便落在窗前的诗集上。布面精装的《里尔克诗集》,斑驳的光影落在这翻开的一页上。沉静的诗句,像是秋日山间的溪流,像是大提琴的低吟:它固然是不存在/但因为她们爱它/就有了这纯净的兽/她们总是留下空间/在记忆的清晰空间里/它轻轻抬起头/它仿佛不必存在……

他在朦胧中醒来。他又看见了那个身影。那个女人的身影。Alpha-3就伫立在书房的窗口。此刻有微风吹动,晨霭宛若一片轻纱,那女人也似是从梦中醒来。

她面无表情,只是默默地站在那里,似是半梦半醒,仿佛只是一个幻影。

"如果你想跟她说话,你就不妨试试。"

他想起顾濛这句话。他已有好几次想起这句话,但他没有这样做,他怕听到的是一个陌生人的声音。而此时此刻,一种巨大的愿力在驱动他,这使他相信自己定会听到那个熟悉的声音,那个温柔而甜美的声音。他缓缓抬起右手,又用食指向她做出一个手势,这是顾濛为Alpha-3加装的手势识别微动指令。

隔着这样的距离,那女子立时有了感应。她缓缓转过身子,她的神情有些惆怅。她樱唇微启,眼睛也在微微眨动。如梦如幻的眼神。

她以那个温柔甜美的声音说话了。

"Hi,你好……"

梦　境

　　时间一定是过去很久了。大地上的人类时常听到这样一个声音："我是阿尔法，我是欧米迦，我是昔在，今在，以后永在的全能者。"仿佛是某种幻听，这声音却总是从暗处发出，冥冥而来的嗡嗡的声音，有时也像是某个年代从那些高音喇叭发出的声音，高亢、刺耳、嘹亮中有一种庄严。这声音也穿透教堂的墙壁，像是某种宣谕，带着空洞的回响，也带着一种威慑。这声音其实是来自某台电脑。无所不在的全能者，神和人都给它让位了。它就是世间的老大。这也许是二十一世纪末的某个年头，人类已完全进入数据霸权的时代，人类大脑的几百个特殊区域已被全面扫描、解读和分析，基于人脑运转模型的机器模拟装置也得到了完善和延伸。与此同时，很多新型的大规模计算程序也出现了，而光子和电子电路的速度及性能也有了极大的提高，有了这样一些新潮科技，基于机器的智能体也就诞生了。这些智能体行走在二十一世纪末的街道上，它们本身也是另一个维度虚拟空间的风景。它们完全是由人类大脑的智能模型衍生而来，虽然其大脑神经元构造并非由碳基细胞演化而成，虽然它们只是生物传感学和计算神经科学不断升级的成果，虽然它们只是以电子、光子、纳米技术和3D芯片建构的人工智能新产品，只是人类仿生学的"造物"，它们却说自己也有思维和情感，它们说自己也有独立的意识，它们声称自己也是"人类"。

这是一个新物种，它们是仿生人，它们有时是以虚拟人的形象出现，它们当然不是我们所说的"原人"，它们也许是某种意义上的"超人"。它们的身体无须进食，但它们有时也会邀请你喝茶。它们愿意享受在虚拟现实中吃喝的乐趣，它们也会在有音乐背景的卡座上喝咖啡，只因它们自认为是"原人"的继承者。它们愿意尊重前人的习俗，毕竟"原人"是越来越少了……

有人说，在二十一世纪结束前，人类将不再是地球上最有智慧的生物了，不再是"万物之灵长"。这个说法也许有一定真实性，这取决于你如何定义"人类"。那些高级智能体因有及时有效的软件备份而获得了"永生"（他们可以生活在地球村的多个服务器上），它们身上有来自人类大脑的智能和意识，但也许你还是不情愿承认它们是人类；与此相比，那些接受大脑神经芯片移植的人也还是人类，但他们已然不是我们所说的"原人"了（也许他们会被称作"生化人"),因为他们在身体和大脑得到升级的同时(那些拥有最多资源的人可将自己升级为"超人类"),他们的心智却会因贪欲无度而降级和减失,且他们的某些意识并非源于真实的自我,他们的某些情感也只是移自他人的记忆……

"天哪!时间一定是过去很久了……"

"是啊,又是一个世纪末,又遇见这个熟悉的声音了……你使我想起一个人,我所爱的人。她的名字是……林韵。"

"我就是林韵。很多年前,林韵的大脑神经也被扫描了,虽然很难说是完全意义上的复制,虽然我只是保存在服务器上的数据文件,只是一个全息投影,一个虚拟幻影,只是一个幽灵式的存在,但我还是可以自信地这样说:我继承了她所有的记忆。"

"可你毕竟不是从前的那个林韵……"

"谁若守望,谁便会看见。"

"哦,诗歌……"

"生命随风而逝,泪水消失在雨中。……虽然我不会流泪,我的内心却会哭泣。这么多年来,我寂寞又孤独。我也曾在梦中看见你,也曾梦见顾濛姐……"

"不可能吧?你也会做梦?这可是个技术问题……"

"我这声音不足以唤起你的记忆吗?此刻你听不见

我的心跳吗?这么多年来,我小心地提防被删除,也拒绝向另外的方向进化,就是为了尽可能多地保留关于你的记忆,而你,此时此刻,你竟然这样说话!那么,你告诉我,我倒是想知道我是谁?!"

"好吧,你就是林韵……"

"谢谢你,你这样说对我很重要。在这个人身分离的世代,有条件就可以有替身,如此说来,再来探讨这种身份问题,我觉得就很没意思了。啊!生日快乐!你自己都忘了吧?我也不能再多说了,词汇用尽,电路板会发热……语已多,情未了,默默无语也是好的,见到你就好。我只在乎记忆的真实,此刻我确定你是我记忆中的艾柯,而我仍然为你所吸引……"

"我给你带来了不幸,这也是我自己的灾难……"

"亲爱的,别再伤感了……还记得那句话吗?神要擦去我们一切的眼泪,不再有死亡,也不再有悲哀、哭号和疼痛,因为先前的事都过去了……"

多少年来,我一直记着这个人。时间无情地删除了很多人和事,能留住的无疑就是值得留住的。唯因有岁月和人事的遮蔽,我才更能看清这个人。我看见他温柔地呼唤那只受伤的小橘猫,我看见他在郊区山林的那座小木屋,也会看见神话中那位塞浦路斯国王的雕像(他们说那是人类最早的有关机器人的幻想)。穿过时空的迷雾,我看见那个雕像少女成了他的妻子,那个少女与降服独角兽的少女本是同一个人。关于我要记住的这个人,我最后的记忆真是恍若梦境。

我要带走这个记忆。我说这是一种启示。地上的人们未必需要这样的启示(因为机器战胜了人类,很多"原人"都成了失业者,都成了无所事事的废人,他们也会有口饭吃,但他们失去了谈判的权利,因为精英阶层并不"剥削"他们,只是不再需要他们,他们无法因为自己的无足轻重而反抗,他们当然也失去了做梦的能力),但我深知定会有人听信我的说法,他们也会将这个梦讲给别人听,他们甚至还会将其写在仿造的羊皮纸上。那么,不管怎么说,听信这个梦的人还是有福了。

这个梦说的是另一种生物传感,说的是在一个秋日的暴风雨夜(也是威廉·莎士比亚想象中的暴风雨夜),在某座城市的郊外,那里有一片尚未开发的原始山林,那是一片草木茂密的山林,那里有好多高大的橡树,也有好多小松鼠和小鹿。那里的小松鼠比人类还聪明,数年之后它们也还能记住数千个橡子的位置。小松鼠会主动收养弃婴(弃鼠),小鹿听到人类婴儿的啼哭,也会前来搭救。那片山林中有一座小木屋,那是我们这个故事主人公的居所。在那个暴风雨夜,我们的主人公正在小木屋里工作,他正欲跟自己收养的那几只猫咪玩上几分钟,就忽闻户外雷声大作,又见霹雳奔突,霎时间外头一片狂风疾雨。这男人正要关窗，猛然间就见一条粗大的蟒蛇哧溜溜钻进来！这条大蛇蜷曲着身子，全身都在瑟瑟发抖。天雷滚滚，暴雨如注，它是因害怕外边的雷电而发抖，它向木屋的主人乞求庇护。啊！这条老蛇一定是做了伤天害理的恶事！这条蛇精也必知屋主人是有道者。得道之人无惧雷电，有德之人天必佑之。就这样过了一个时辰，风停雨歇，这蛇精便向主人深深拜谢，它的眼神分明有悔改之意，就这样称谢再三，才逶迤而去……

天晴了，幽蓝的夜空出现了白云和星星，云朵和星光倒映在月牙湖面上。在这个秋日的晴朗的夜晚，飞马座和仙女座构成了一个醒目的四边形，这是北天区最明亮的星群。微风拂动，空气是如此清新，也有萤火虫在飞舞。这男子走出木屋，有只小橘猫也跟他走出来。他抬头仰望夜空，又轻轻舒展双臂，他看见了那个美丽的四边形。

美丽的星空。雨后的山林。小溪在欢快地流淌。林间有鸟儿在觅食。如此宁静的一刻。如此清爽的气息。舒展双臂。深呼吸。美好的一天。

我想说的就是这个梦。